미술로
사랑을
꿈꾸다

# 미술로
# 사랑을
# 꿈꾸다

ⓒ 박천삼, 2024

개정판 1쇄 발행 2024년 5월 20일

지은이    박천삼
펴낸이    이기봉
편집      좋은땅 편집팀
펴낸곳    도서출판 좋은땅
주소      서울특별시 마포구 양화로12길 26 지월드빌딩 (서교동 395-7)
전화      02)374-8616~7
팩스      02)374-8614
이메일    gworldbook@naver.com
홈페이지  www.g-world.co.kr

ISBN    979-11-388-3147-5 (03810)

인문정신으로 시작하는 미술이야기

개정판

# 미술로
# 사랑을
# 꿈꾸다

박천삼 지음

좋은땅

아름다움이 세상을 구원하리라

— 도스토예프스키 —

세상에는 많은 의미의 사랑이 있다. 지고지순한 부모와 자식 간의 사랑이 있고, 칼로 물 베기인 아내와 남편의 사랑도 있다. 불꽃 같은 연인과의 사랑, 삶의 휴식인 친구와의 사랑, 그리고 또 하나의 가족 반려동물과의 사랑도 있다. 이와는 다르게 특정할 수는 없지만, '사랑'이라는 의미가 내포되어 있어야 이루어지는 것들이 있다. 예를 들어 자신의 꿈과 목표를 사랑해야 거기에 맞는 노력과 땀으로 그걸 이룰 수 있다. 자신의 일을 사랑해야 추운 겨울, 아침에 눈을 뜨고 일어나 피곤한 몸을 이끌고 일터로 나갈 수 있다. 또 자신의 취미를 사랑해야 남들이 알아주건 말건, 내가 좋아하는 것을 위해서 밤잠을 설치며 컴퓨터 앞에서 무언가를 기다려 보기도 하고, 주말 휴일에 새벽부터 일어나 산으로, 강으로, 바다로 달려가 등산도 하고, 낚시도 하고, 자신이 가고 싶은 곳을 향해 걸어갈 수 있는 것이다. 이렇게 생각해 보면 사랑 없이 이루어질 수 있는 일이 또 있을까, 하는 생각이 든다. 사랑이라는 것은 우리 삶에 없어서는 안 될 의미로 자리 잡고 있다. 하지만 사람들은 사랑의 의미를 그리 중요하지 않게 생각하거나, 너무 좁은 의미에서의 사랑만을 생각하며 살아가고 있다. 마치 사람과 사람과의 관계에서만 사랑이 필요한 것처럼, 다른 것에는 사랑이 필요 없거나 생각하지 않아도 되는 의미인 것처럼 행동하는 경우가 많다.

난, 사랑 없이는 할 수 없는 미술을 가르치는 일을 하고 있다. 조금 더 구체적으로 이야기하면, 내가 사랑하는 미술을 내가 사랑하는 학생들에게 가르치고, 그 학생들이 미술을 통해 자신의 꿈을 꿀 수 있도록 도와주는 일을 하고 있다. 좀 거창한 것 같지만 사랑 없이 어떻게 평생을 그림과 함께 생활하고, 사랑 없이 어떻게 매일매일을 학생들과 같은 공간에서, 같은 목표를 향해 나아갈 수 있겠는가.

미술학원 선생님이라고 하면 생소한 분들도 있을 테고 '학원 강사'라는 가벼운 명함을 생각하시는 분들도 있을 것 같다. 워낙 사교육이 저변에 깔려 있는 우리나라에서 학원 강사는 흔하디흔한 직업일 수 있다. 미술대학에 들어가 아르바이트로 미술학원에서 나처럼 미대 진학을 희망하는 학생들을 가르쳤다. 대학 졸업 후에 본격적인 생활 전선에 뛰어들어 강사 생활을 하다가, 미술학원에만 존재하는 전임, 주임, 부원장을 거쳐 이제 한 학원의 원장 자리에까지 올랐다. 미술학원에서 일한 지 20년이 넘게 흘렀다. 학원 일을 하면서 재미있었던 일과 힘들지만 가슴 뭉클했던 일, 소소한 일들을 종이에 적기 시작하다가 이렇게 책까지 쓰게 되었다. 책 읽는 걸 좋아하긴 하지만 이렇게 직접 글을 쓸 줄은 꿈에도 몰랐고 쓸 생각도 특별히 없었다.

사회적으로 인정받는 정치인, 교수, 장인(匠人), CEO들은 '난 이렇게 성공했으니 너희들도 이렇게 해 봐라', 혹은 '세상은 이런 거니 이렇게 준비하고, 나의 생각을 따라 해서, 나와 같은 성공을 이루어 봐라.' 이런 내용으로 자신이 걸어온 길을 뒤돌아보면서 회고록을 쓰거나 책을 낸다. 하지만 난 사회적으로 성공하지도 않았고, 누군가의 존경의 대상이거나, 누구나 이름만 들으면 다 아는 유명인도 아니다. 내 직업이 미술대학 진학을 고민하는 학생, 학부모들에게 미대 입시에 관한 상담을 해 주고, 실기를 가르치는 일이기 때문에, 학생, 학부모들이 알고 싶어 하는 것이 무엇이고 해결책은 무엇인지를 누구보다도 잘 알고 있다. 하지만 막상 이 궁금증을 해결할 만한 곳이 거의 없다는 것이 이 글을 쓰게 된 동기일 것이다. 관련된 책을 서점에서 검색해 보면 미술을 전공하고 싶어 하는 학생들이 읽어 볼만 한 에세이나 지침서, 그와 비슷한 책은 거의 없다. 복잡한 숫자들이 적혀 있는 입시 요강이나 미술 계열이 아닌 전반적인 입시 전형을 설명해 주는 책들이 전부이다. 그래서 용기를 내 봤다.

이 책에는 20년 동안 내가 미술학원에서 겪었던 학원 선생님과 학생들의 기쁘거나 때론 슬픈 이야기도 있고, 미대 입시를 준비하는 학생들에게 필요한 마음가짐과 입시 전략에 관한 이야기도 있다. 또 미술을 처음 시작하기가 두려운 학생이나 학부모들이 미대 입시를 준비하면서 알아야 하는 실기 관리, 성적 관리, 대학 선택과 전공 선택의 이야기들이 나의 경험과 함께 내 지인들의 이야기들로 채워져 있어서 미술인이 되기 위한 이해가 조금은 쉬울 것 같다. 특히 내가 학생들을 가르치면서 그림도 가르치고 미대 입시에 관한 컨설팅을 위주로 하다 보니, 미술을 먼저 시작한 미술인으로서 혹은 인생을 먼저 산 선배로서 학생들에게 해 주고 싶은 이야기들을 물리적인 시간이 부족해서 못 한 경우들이 많은데, 이 책을 빌려서 그런 이야기들을 하고 싶었다.

걱정거리가 하나 있다. 이 책에도 비중 있게 언급하고 있지만, 미대 입시는 계속해서 변화한다. 올해 다르고 내년이 다르다. 슬프고 안타까운 현실이지만 나라의 정권이 바뀌면 더 크게 변한다. 내가 입시를 치르던 시절과는 정말 판이하게 다르다. 이런 변화 속에서 시간이 좀 지나면 이 책의 내용이 자칫 아무짝에도 소용없는 과거 입시에 관한 이야기로 전락할 수 있다는 것이다. 그래서 특정 시기에 특정 전형 요소에 관한 이야기는 최소한으로 언급했고 미대 입시에 관한 거시적인 안목과 혜안을 가질 수 있도록 입시에 필요한 수치적인 사항들은 최소한으로 했다. 혹시나 독자들이 책을 읽을 시점에 입시에 관한 내용이 맞지 않는 내용이 있다면 이런 상황을 감안하고 읽어 줬으면 좋겠다.

내가 미술학원을 아직까지, 앞으로도 계속할 수 있게 하는 원동력은 다름 아니라 학생들에게 '이렇게 하면 대학에 갈 수 있고 성공할 수 있으니 날 믿고 열심히 해 줘라', 라고 이야기했지만 만족할 만한 결과를 얻지 못했을 때 찾아오는 부끄러움과 선생님으로서 책임을 다하지 못하거나 혹시나 내가 부족해서 내가 가르치는 학생이 잘못된 건 아닌지, 내가 조금 더 열심히 했다면, 내가 조금 더 능력 있는 선생님이었다면, 더 좋은 대학에 합격하지 않았을까 하는 미안함이, 나를 여기까지 오게 했고 앞으로 나아갈 힘을 주었다. 돈과 명예를 바랐다면 여기까지 오지 못했을 것이고, 기쁨과 행복이 나의 원동력이었다면 성공보다는 실패가 더 많았을 것이다.

앞으로도 부끄러움과 미안함이 계속되는 삶을 살아가겠지만, 그 부끄러움과 미안함으로 우리 학생들을 힘든 시기에 모진 바람에서 지켜주고 성공했을 때 기쁨을 함께하고 아픔을 겪고 있을 때 위로해 주는 사람이 되고 싶다.

아무쪼록 서툰 글솜씨지만 미술학원에서 수업이 끝나고 집에서 스마트폰을 잠시 내려놓고 쉬는 미대 입시 준비생들이나 이제 막 소소한 미술 공부를 시작하려고 하는데 어디서부터 시작해야 할지가 막막한 분들이 함께 읽어 줬으면 좋겠다.

9

사람들은 내가 이런 데생을 5분 만에 그려 낸다고 말하지.
하지만 내 손목이 5분 만에 이런 데생을 완성하기 위해서
내가 60년 이상 노력해 왔다는 사실을 잊고 있어.

— 피카소 —

# 시작은 미약하게,
# 끝은 창대하게

나도 여느 학생들처럼 어릴 적부터 스케치북이나 작은 노트에 그림을 그리기 시작했다. 좋아하는 만화를 베끼거나 머릿속의 상상들을 내 마음대로 그렸던 것 같다. 당연히 공부보다는 그림에 재미를 더 느꼈다. 그러던 중에 본격적으로 그림을 배워서 직업을 선택해야겠다고 마음먹은 시기가 고등학교 때였고, 그때부터 본격적으로 미술학원에 다니기 시작했다. 고등학교 미술 선생님의 소개로 가게 된 미술학원은 서울 돈암동에 있었고, 여기에서 고3 입시까지 하고 대학 진학에 실패한 후에, 지인의 소개로 다시 홍대 앞으로 이동해서 재수를 시작했다. 시절이 시절인 만큼 지금처럼 인터넷이나 모바일에서 학원을 직접 알아보고, 상담도 받아 가며, 여기저기 학원 탐색을 해 본 다음에 학원을 정하지 않고, 아는 지인의 소개로 학원에 찾아가서 거기서 입시가 끝날 때까지 그냥 쭉 다녔다. 어찌 보면 무(無)계획, 무(無)전략이긴 하지만, 한 우물만 파는 극기 정신이었다. 그 시절, 미술학원에 다니는 학생들은 대부분은 그랬고, 학원을 여기저기 옮겨 다니는 학생, 학부모들도 있었지만, 그때의 나의 선택과 성향이 미대 입시를 재수까지만 하게 해 준 밑거름이라 생각한다.

8~90년대만 해도 경제상황도 좋았고, 대학을 진학하는 학령인구도 많았기 때문에 미술학원이 여기저기에 많이 있었다. 제주, 부산, 대구, 마산, 창원, 대전, 전주, 천안, 수원, 인천, 서울 등 주요 도시에는 미술학원들이 즐비했고, 내가 있는 서울만 하더라도 자치구(區)별로 학원가가 형성되어 있었기 때문에 그 수가 엄청났다. 이때의 미술학원의 특징은 지금으로 치면 소규모 화실들이 지역별로 많았다. 지금은 대형 프랜차이즈 학원이 주를 이루고 있고 큰 도시별로 학원가들이 형성되어 있지만, 예전에 아주 작은 화실들도 많았고, 소규모의 학원들이 지역별로 학원가를 형성하는 분위기였다. 내가 고3 입시를 했던 서울. 돈암동 지역에도 크고 작은 학원들이 많이 있었고 재수를 했던 서울의 홍대 지역에는 200여 개의 학원과 화실이 밀집해 있을 정도였다. 1997년 IMF 외환위기가 오면서 학원가에도 변화가 생겼다. 중·소 학원들과 화실들이 정리되거나 폐업하면서 미술학원 수가 급감했고 학원들은 프랜차이즈의 형태를 띠며 대형화되었다. 프랜차이즈 학원은 전국에 같은 이름을 쓰는 학원들을 만들어서 정보의 교류가 빨라지고 시장을 확대해 갔다. 큰 도시를 기점으로 대형학원들이 들어서고 작은 학원들을 인수, 합병하거나 자연스럽게 정리가 되어 갔다. 이 시기에 빠른 속도로 보급된 인터넷도 이런 변화에 한몫했다. 예전에는 잡지나 오프라인에서만 그림이나 정보를 취득할 수 있었다면 이때부터는 온라인상으로 정보들이 급속도로 퍼지고 광고도 이루어졌다. 그러면서 여러 개의 대형 프랜차이즈 학원들의 경쟁의 장이 됐고, 어떤 프랜차이즈는 쇠락해 갔고 또 다른 프랜차이즈 학원들이 커 나가는 일들이 반복되었다. 특히 요즘 들어 학령인구도 급속히 감소하고 경제가 어려워지는 상황에서 장기화된 코로나-19(covid-19)까지 겹치면서 학원가의 구조

조정은 불가피한 상황이다.

　포스트 코로나 시대에 학원들은 예전보다는 조금 더 질 좋은 교육과 서비스 그리고 철저한 학생 관리를 통해서 살아남기 위한 제2의 전략들을 모색하고 있다. 누구나 인정하는 공교육에서 할 수 없는 예체능 영역에 대한 책임감과 사명감을 가지고 오늘도 고군분투하는 모습이다.

　복잡하지 않았던 입시 유형과 부족했던 정보 공유의 시기에는 미술학원을 선택하는 문제에서부터 대학을 진학하기 위한 준비과정이 그렇게 복잡하거나 학생, 학부모들에게 스트레스를 주지는 않았다. 단순히 말해 미술학원을 선택하면 거기서 가르치는 선생님들 말을 믿고 그냥 열심히 그림 그려서 대학을 가면 그뿐이었다. 허나 지금은 입시 유형은 수시, 정시로 나뉘어 있고, 그 나눠진 두 개의 전형 안에서도 또 세세한 전형으로 나뉘어 있다. 전문가들이야 큰 틀을 이해하고 있고 정보 습득이 용이해서 크게 어려움이 없지만, 비전문가인 학생과 학부모들은 자의와 타의에 의해서 자꾸 한눈을 팔게 되었다. 한마디로 한 우물을 파야 하는데 여러 우물을 얇게 파는 일들이 발생하게 된 것이다.

　요즘 학생들을 가르치다 보면 본인이 해야 하는 공부나 그림에 집중하기보다 다른 곳에 눈을 돌리는 학생, 학부모들이 많다. 예를 들어 A라는 학생이 있다. 이 학생도 나의 비슷한 전철(前轍)을 밟고 미술을 시작해서 학원에 다니면서 입시 미술을 배우고 있다. 그런데 이 학생은 그리 공부를 잘하는 것도 아니고 그림을 눈에 띄게 잘하는 것도 아니다. 그러면 본인이 해결해야 하는 문제가 뭔지를 본인한테서 찾아야 한다. 왜 난 공부도 중간이고 그림도 중간일까, 난 미술학원을 오래 다녔는데 그림이 왜 늘지 않을까, 이런 질문에 대한 답은 자신한테 있는 것이다. 그 해답을 자신에서 찾다 보면 답은 오히려 간단히 찾아지는 경우가 많다. 나의 노력이 부족해서 아니면 집중력이 다른 학생들과 차이가 있어서 그것도 아니면 절대적인 시간이 부족해서일 것이다. 실기력이 향상되는 원인에는 큰 비중을 차지하지는 않지만 소질, 적성이 다른 학생들보다 조금 떨어져서 문제도 있을 수 있다. 이런 여러 가지 이유를 자신에게서 찾으면 원인은 쉽게 찾을 수 있다. 그런데 문제는 여기서부터다. 그런 문제점을 본인한테서 찾은 다음 그걸 고치거나 개선해 나가려고 노력을 해야 하는데 그렇지 않은 학생들이 많다. 그러다 보면 원인과 해결 방법을 다른 곳에서 찾는다. '여기 학원이 나랑 안 맞는 것 같아', '다른 학원으로 옮기면 좋아질 것 같아', '여기 선생님들과 여기 그림이 별로야' 이런 이유를 대고 다른 학원으로 옮기는 학생들이 있다. 이런 학생들은 대부분 결과가 좋지 못하다. 이유는 그게 아닌데 다른 곳에서 이유를 찾으려고 하니 답이 제대로 찾아질 리가 없다. 한마디로 처음 질문 자체가 잘못된 것이다.

요즘에는 워낙 미술학원의 수준이 평준화가 많이 됐고, 모든 데이터가 온라인상에 오픈되어 있기 때문에 '어느 학원에 가면 합격 노하우가 따로 있다더라.', '우리 학원은 그런 노하우가 있다.' 등. 이런 말들은 현재 시점에 맞지 않는다. 이런 얘기는 인터넷이 없던, 지역적인 이동이 용이하지 않던 시절의 이야기다. 그리고 그런 시절에도 딱히 노하우는 없었다. 그냥 열심히 배우고 가르치는 일이 어쩌면 전부였다. 지금 젊은 사람들이 많이 하는 SNS(페이스북, 인스타, 블로그….)에 '투명체 묘사', '금속 묘사', '사과 채색' 이런 키워드만 넣으면 수백 개의 이미지가 뜬다. 그만큼 정보의 교류가 빠르고 그 수준도 평준화가 많이 되어 있기 때문에 학생 본인의 문제를 다른 곳에 찾는 것 보다는 본인 안에서 찾는 것이 현명한 방법이다. 그런데 어린 학생들이 모두 현명하고 정확한 판단을 할 거라는 기대를 하기에는 무리가 있다. 그래서 지금도 학원을 찾느라 여기저기를 기웃거리고 그림과 공부를 할 시간에 방황하는 학생들이 많은 것을 알고 있다.

나도 미술학원을 오래 다니고 많은 시간을 투자해서 미술대학에 진학했다. 한번 시작한 곳에서 끝이 날 때까지는 학원을 옮기지 않았다. 그게 좋다. 다니던 학원에서 조금이라도 오래 다녀야 가르치는 선생님들이 신경을 조금이라도 더 써 준다. 그리고 그 학생에 대한 책임감도 더 느낀다. 아주 조금이라도 더. 그리고 예전이나 지금이나 미술학원은 여학생들이 대부분을 차지하기 때문에 가뜩이나 예민한 여학생들이 낯선 공간에서 적응할 때쯤 다시 새로운 공간과 새로운 선생님들을 찾아서 돌아다니는 것은 그리 좋은 효과를 기대할 수 없다. 그렇다고 좋지 않은 학원에서 입시가 끝날 때까지 다니라는 것은 절대 아니다. 학원을 옮길 만한 타당한 이유가 있을 때는 당연히 안 옮기는 것보다 옮기는 편이 훨씬 좋을 수 있다.

당연히 처음 미술학원을 잘 선택하면 문제가 생기거나 옮길 이유도 없을 것이다. 미술학원을 선택할 때 여러 가지 상황을 고려해야겠지만 가장 중요한 항목들에 관해서 이야기해 보자.

## 첫째, 집에서 가까운 곳을 선택해라

특성화고(기존 실업계 고등학교의 대안적인 학교 모형으로 특정 분야의 인재와 전문 직업인 양성을 위한 특성화 교육과정을 운영하는 고등학교)나 특목고(과학, 외국어, 예체능, 국제 등 특정 분야에서 뛰어난 재능을 가지고 있는 학생을 조기에 발굴하여 창의성을 계발할 목적으로 특수 분야의 전문적인 교육을 목적으로 하는 고등학교)를 다니는 학생들이야 자신이 그 학교를 필요에 의해 다니기 때문에 그렇지 않겠지만, 대부분의 중·고등학생들은 집과 학교가 가까울 것이다. 그러면 집-학교-학원을 삼각형을 그려봤을 때 너무 한쪽이 멀어지게 다니는 것은 바람직하지 않다. 모든 입시는 시간과의 싸움이고, 미대 입시는 공부에 추가로 미술 과목을 더하는 것이기 때문에 문과나 이과 학생들에 비해 더 치열한 시간과의 싸움이 된다. 이건 다른 입시, 다른 업종도 마찬가지이다. 불필요한 시간을 얼마나 줄이느냐에 따라서 일에 효율과 능률이 달라진다. 모든 학생에게는 똑같은 시간이 주어진다. 학교도 가야하고 공부학원도 가야 한다. 근데 미대 입시는 미술학원도 가야 한다. 그리고 집에 와서 밥도 먹고 쉬기도 하고 잠도 자야 한다. 그런데 미술학원을 너무 먼 곳으로 선택하면 일단 백 프로 마이너스다. 가까운 곳에 입시 미술학원이 있다면 거기서 미술을 시작하는 것이 맞다. 처음에야 크게 못 느끼겠지만, 최소 1년 혹은 2년 이상을 미술학원에 다녀야 하고 방학마다 특강이 있고 가을에 치르는 수시 때는 수시 특강, 수능 이후에는 겨울 특강이 기다리고 있다. 하루종일 학원에서 있다 보면 밥 먹을 시간도, 잠잘 시간도 부족해진다. 그런데 미술학원까지 멀면 정말 힘들어진다. 여기에 한 가지 더해서 부모님들도 함께 힘들어진다. 예전에야 학교나 학원을 다닐 때 학생 혼자서 다녔지만, 자식들이 귀해진 요즘에는 귀한 외동딸, 외아들들을 버스나 지하철을 타고 아침 일찍 그리고 저녁 늦게까지 혼자 이동하라고 하시는 부모님이 많지 않다. 자식이 가면 엄마나 아빠도 함께 왔다 갔다 해야 하는데, 그 일을 어찌 몇 년이나 함께할 수 있겠는가. 설사 할 수 있다고 해도 학원이 가까우면 온 가족의 피로감을 조금은 줄일 수 있다. 그래서 서울에 학원들이 밀집해 있는 강남이나 홍대 앞 그리고 지역 대도시의 학원 중심가 근처에 사는 학생들은 일단 유리한 점이 있다. 그 지역에 미술학원들이 좋아서가 아니라 학원이 많은 지역 근처에 살고 있으니 그냥 그 지역에 맘에 드는 학원을 찾아가서 배우면 된다. 그 외 지역에 있는 학생들은 본인이 살고 있는 지역에서 가장 가까운 입시 미술학원을 찾아가면 된다. 그럼 이렇게 되묻는 학생, 학부모들이 있다. 특정 지역에는 학원이 많고 우리가 살고 있는 곳에는 한두 개 밖에 없어서 선택권이 너무 없는 거 아니냐? 좀 더 큰 학원이 좋은 거 아니냐? 라는 질문을 하게 되는데 아무리 크든 작든 미술은 결국 큰 학원 안에 어떤 반, 어떤 선생님 밑에서, 몇 명의 제한된 학생들과 배울 수밖에 없다. 많으면 더 좋을 거라는, 적으면 왠지 불안할 거라는 막연한 생각은 버려라. 부모님들은 이해할 것이다. 외동딸과 딸 부잣집에서 어떤 딸이 부모님의 관심과 사랑을 더 많이 받고 자랄 수 있을까, 모든 부모님은 첫째 딸이나 막내딸이나 차별 없이 사랑하신다. 나도 그렇다. 학원에 모든 학생을 똑같이 사랑한다. 미술학원에서 일하는 모든 선생님이 나와 같다. 하지만 내가 얘기하는 것은 사랑의 물리적인 시간을 이야기하는 것이다.

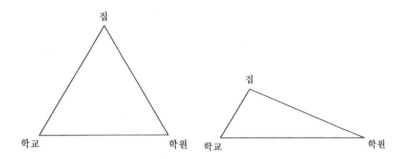

## 둘째, 주변 지인 찬스를 활용해라

우리 사회는 흔히 학연, 지연, 혈연을 많이 따진다고 한다. 백 프로 틀린 말은 아니지만, 시대가 변화하고 사람들의 인식이 바뀌면서 이런 말도 이제 옛날 사람들이나 하는 말로 치부하기 쉽다. 개인주의화가 되면서 어느 지역 출신이냐를 묻고 따지는 경우도 많이 사라졌고, 어디 가서 선, 후배니 하면서 충성을 맹세하는 이런 문화도 많이 없어졌다. 핵가족화되면서 주변 친척을 만나는 일이 경조사 때를 제외하고는 거의 없다시피 하는 편이다. 멀리 떨어져 있는 선후배, 친척들도 SNS에서 다 만날 수 있다. 그러니 그런 말이 없어질 만도 하다. '학연, 지연, 혈연을 따져서 뭐 하게', '어디다 써먹게', '왜, 그런 걸 따져야 하는데', 라는 질문을 받게 되는 것이다. 그렇지만 아직까지 어떤 문제나 어려움에 처했을 때 주변 지인을 활용하는 건 실패를 확률을 줄이는 아주 좋은 방법이긴 하다. 특히 미술 분야는 그렇다. 우리나라는 일단 좁다. 인구수가 그리 많지 않고 대학도 서울, 수도권에 많이 몰려 있다. 내 주변에 미대 입시를 잘 아는 전문가가 없다고 하더라도 건너 건너 알아보면 아무리 못해도 미술과 관련한 직업을 가지고 있는 지인이 한 사람은 나온다. 그럼 그 지인한테 정보를 얻는 게 가장 정확하다. 이 바닥이 어느 정도로 좁은지 예를 하나 들겠다.

내가 홍익대학교 금속 조형 디자인과를 졸업하고 서울 강남지역에서 강사 생활을 몇 년 정도 하던 시기였다. 모르는 번호로 전화가 왔다. 고등학교 때 가깝게 지냈던 동창이었다. 이 동창은 학창 시절에 나와 함께 지내던 그리움으로 나를 찾았다고 한다. 친구는 얼핏 듣기로 내가 고등학교 때 대학에 떨어지고 재수를 해서 홍대를 갔다 정도만 알고 있었지, 나에 대한 정보가 거의 없었고, 시간도 많이 지나서 본인 주변에서 나에 대한 근황을 아는 사람이 없었다고 한다. 고등학교를 졸업하는 사이에 일명 '삐삐'시대에서 점점 휴대전화 시대로 바뀌어 갔고, 고등학교 졸업 후에 대학에 입학하고 군대를 다녀오고, 다시 대학을 졸업하는 과정도 긴데, 이 시기의 남자들은 인간관계가 재편되기도 한다. 그 전에 알던 사람 중에 자신이 중요하다고 생각하는 사람들은 연락의 끈을 놓지 않았을 거고, 그렇지 않거나 연락이 자주 닿지 않은 사람들은 당연히 본의 아닌 정리의 대상이 됐을 거다. 나의 근황에 관해 수소문 했지만 찾지 못했던 친구는 어쩌다 나간 모임에서 홍대 미대를 다니는 여자 동생을 알게 됐다. 그래서 "내 친구가 홍대 미대를 나왔다고는 하는데, 아는 게 없다. 혹시 알아봐 줄 수 있으면 알아봐 줘. 이름은 '박천삼'이다." 아무런 정보가 없어 이름 석 자만 가르쳐 준 것이 전부라고 했다. 그런데 다음 날 그 동생이 내 전화번호를 가르쳐 줬다고 한다. 나도 그 얘길 듣고 놀라긴 했다. 나라는 사람을 찾고 싶어서 몇 년을 가볍게 나의 근황을 묻고 다녀도 못 찾다가, 같은 대학을 다니는 나도 모르는 사람이 내 전화번호를 가르쳐 준 것이다. 그 여자 동생이란 사람도 나를 찾는 친구와 비슷한 연배의 선배한테 물어보고 한두 번의 짧은 노고를 통해 알아낸 것이다. 정말 대한민국은 학연이 존재하는 사회인가, 하는 의아심이 들 정도의 이야기다. 다른 분야에서도 이 정도 일화는 많을 것이다.

어쨌든 흔히 얘기하는 '미술 바닥'은 너무나 좁다. 내가 직장 상사나 학교 선배 누구에 대해서 알고 싶다고 마음만 먹으면 두세 번의 전화로 금방 찾아낼 수 있고, 특별한 도움이 필요해서 누군가의 소개로 도움을 줄 수 있는 사람들을 만날 수 있고, 직접 도움도 받을 수 있다. 하지만 단점도 있다. 나쁜 짓 하고 돌아다니면 금방 걸린다. 특히 여자들이 많은 분야이기 때문에 잘못 걸리면 큰일이 날 수도 있다. 우스운 소리긴 하지만 그만큼 자신의 행동에 책임을 지면서 살아야 한다는 얘기이다.

미술을 처음 시작하는 학생이나 학부모 입장에서는 주변에 아는 지인이 있으면 바로 물어보면 좋겠지만 그렇지 않으면 일단 인터넷 검색을 하게 된다. 그래서 인터넷에 나와 있는 정보를 한정적으로 습득할 수밖에 없다. 그런데 대부분 인터넷에 떠도는 정보는 그 학원에서 만들어 놓은 광고나 홍보의 덫일 경우가 많다. 워낙 학원들이 영민하게 움직이기 때문에 어디에 가면 좋다더라, 합격률이 대박이다, 그림이 좋다더라, 노하우가 있다더라, 이런 이야기는 열에 아홉은 그 학원에서 자체 제작한 블로그(blog) 포스팅이거나 광고성 콘텐츠인 경우가 많다. 그런데 미술을 처음 배우고 시작하려는 학생들 입장에서는 이게 공익을 위한 정보인지 광고성 콘텐츠인지를 구별하기 힘들다. 구별할 수 있다고 해도 심도 있게 이해하기가 어렵다. 그러니 조금만 발품을 팔아서 알아보면 분명 주변에 지인이 있다. 그 지인한테 이것저것 물어보면 인터넷을 뒤져서 찾는 정보보다는 조금 더 정확하게 선명한 답을 얻을 수 있다. 지인에게 어느 정도의 정보를 얻은 다음에 집에서 가까운 미술학원을 찾아가서 상담도 받고 홍보물이나 입시에 관한 자료를 얻어서 자신의 머릿속을 정리하는 게 가장 현명한 방법이다. 요즘 미술학원들은 워낙 정보력이 좋고 친절한 서비스를 추구하기 때문에 미술학원에 방문하면 입시 관련 자료가 잘 준비되어 있고, 달라고 하면 그냥 무료로 다 준다. 혹시 없다고 하거나 못 준다는 학원은 오히려 피하는 게 좋을 것 같다.

## 셋째, 한 달 정도 가볍게 다녀 보자

지역도 정해졌고, 주변 지인이나 친구들한테 알아볼 만큼 알아봤다면 이제 한 달 정도 가볍게 다녀 보면서 이 학원이 나랑 맞는지와 그림 그리는 일이 정말 나랑 맞는지를 확인해 보자. 모든 일이 그렇듯 처음부터 딱 맞는 일이 어디에 있겠는가. 학원도 학생과 궁합이 잘 맞아야 한다. 앞에서 얘기한 것처럼 난 학원을 여기저기 옮겨 다니지 않았다. 그리고 그게 맞다고 생각한다. 하지만 미술학원은 사람과 사람이 만나서 시너지 효과(synergy effect)를 내는 곳이다. 아무리 좋은 선생님이 있어도 학생과 맞지 않거나 학생을 잘 이해하지 못하면 아무 소용이 없다. 국어, 영어, 수학 같은 공부학원의 교육 방식은 대부분 일방적, 일방향이다. 대형학원이나 인원이 많은 큰 학원일수록 더 그렇다. 칠판 앞에서 마이크를 들고 유명 강사가 강의하면 그걸 수백 명의 학생이 듣고 강의 내용을 받아 적는다. 인강(인터넷 강의)은 아예 직접 대면도 하지 않고 수업을 한다. 피드백은 불가능하고 학생이 알아들었는지 못 알아들었는지 알 수도 없고 관심도 없다. 일단 이름 날린 일타강사의 수업만으로 만족해야 하는 게 우리 수험생들의 현실이다. 그런데 미술학원은 좀 다르다. 미술 강사는 기초 학생이 학원에 들어오면 옆에 앉혀 놓고 기초부터 설명해 주기 시작한다. 미술은 몸으로 배우고 자신의 신체 중에 가장 예민한 손과 눈을 쓰는 작업이기 때문에 처음에 제대로 배우지 않으면 시간이 지날수록 힘들어진다. 가르치는 사람도 처음에 정확하게 이해시키고 가르치지 않으면 결국 나중에 가르치는 사람이 더 힘들어진다. 그렇기 때문에 다른 과목은 기초적인 이론으로 첫 수업이 시작된다면 미술은 연필을 어떻게 잡는지부터 시작해서 붓을 어떻게 쓰는지, 물감은 어떤 농도로 사용하고 색에 배합은 어떻게 하는지를 일일이 하나하나 가르쳐 준다. 기초과정이 학생에 따라서 한 달이나 두 달 정도 기간의 차이가 있다. 당연히 수업 일수와도 연관이 있고 학생에 따라서 처음 받아들이는 속도에 차이가 있기 때문에 정확하게 기간을 특정할 수는 없지만, 그래도 한 달 전후로 판단 가능하다. 이 짧은 시기에 이 학생이 소질이 많은지 적은지, 집중력이 좋은지 아닌지, 그림을 대하는 태도는 어떤지… 등등 한마디로 하나를 보면 열을 안다고, 기초를 배우는 학생의 자세를 보면 이 학생이 그림을 오래 배울 수 있는지 아니면 한두 달 하다가 포기할 건지 알 수 있다. 반대로 학생 입장에서는 이 시기에 그림이 나한테 맞는지, 안 맞는지, 이 선생님과 내가 궁합이 맞는지 아닌지를 확인할 수 있는 기간이기 때문에 한 달 정도는 가벼운 마음으로 다녀 보고 이 학원과 계속해서 다닐지, 아니면 다른 곳을 찾아봐야 할지를 정하는 기간으로 삼으면 된다. 그림을 처음 배우는 시기에 어떤 학원을 선택했다고 해서 끝까지 그 학원에 다녀야 한다는 부담감은 떨쳐 버리고 본인한테 느껴지는 분위기와 감으로 느낄 수 있는 사람 냄새, 그리고 선생님들과 같은 실기실에 있는 비슷한 또래의 학생들을 있는 그대로 지켜보면 선택을 하는 데 도움이 될 거라 생각된다.

《초역 니체의 말》을 보면 프리드리히 니체(Friedrich Wilhelm Nietzsche)

는 이런 이야기를 했다.

> 재능이나 기량을 충분히 갖추고 있어도 일을 완성시킬
> 수 없는 사람이 있다. 그는 시간을 믿고 완성을 기다리
> 지 못한다. 자신이 손만 대면 무슨 일이든 완성된다고
> 믿는다. 그 때문에 언제나 어정쩡한 결과로 끝나버린다.
> 업무 수행에서도 작품 제작에서도, 차분히 힘쓰는 것이
> 중요하다. 성급히 대처한다고 해서 보다 빨리 완성되는
> 것이 아니기 때문이다. 일을 완성하는 데에는, 재능과 기
> 량보다도 시간에 의한 숙성을 믿으며 끊임없이 걸어가
> 는 인내의 기질이 결정적인 역할을 맡는다.

우리의 민족적인 기질이 그래서인지 우리는 항상 너무나 빠른 답을
얻기를 원한다. 배달도 빨리 와야 하고, 택배도 다음 날 아침에 도착해
있어야 하고, TV나 에어컨 AS도 다음 날이면 고쳐져 있어야 한다. 하
지만 평생을 해야 하는 직업을 찾는 일에 한두 달을 투자해 보는 것은
그리 길지 않은 시간이고, 천천히 확인해 봐야 하는 중요한 과정이다.
조금만 마음의 여유를 가지고 자신에게 맞는 일인지, 나에게 그림을 그
릴 만한 재능과 감각이 있는지를 확인하고, 확인되어 간다면 그 재능과
감각이 익어 가길 시간을 두고 기다려 보자.

# 노력만이 행운을
## 만든다

로또Lotto에 당첨 확률은 8,145,060분에 1이다. 어느 정도의 확률인지 가늠이 잘 되지 않는다. 로또에 당첨될 확률이 벼락을 맞을 확률보다 16배나 낮다고 하니 진짜 힘들긴 한 것 같다.

나는 학생들과 수업 중에 가끔 이런 질문을 학생들에게 한다. "로또에 당첨되는 방법을 아는 사람?" 질문을 하고 나면 대부분의 학생이 '로또에 당첨되는 방법을 알면 내가 당장 로또를 사지, 그걸 질문이라고 하나.'라는 어안이 벙벙한 표정으로 날 다시 쳐다본다. 그러면 나는 허무한 답을 이야기해 준다. "일단 로또를 사야 한다."라고 답을 하면 학생들은 김빠진 표정으로 피식 웃으며 넘어가 버린다. 맞다. 너무나 재미없는 질문이고, 누구나 답할 수 있는 평이한 답이다. 그런데 우리는 누구나 알고 있는 그 쉬운 답을 실천하지 않으면서 로또에 당첨되고 싶어 하는 게 문제이다. 몸짱이 되고 싶으면 운동을 몇 달 동안 하루에 2~3시간을 꾸준히 하고, 식습관도 단백질 위주로 바꿔가면서 먹고 싶은 걸 참고, 하고 싶은 일도 줄여 가면서 자신과의 피나는 싸움을 해야 몸짱으로 거듭날 수 있다. 피트니스 대회에 참여하는 사람들은 몸에 수분이 빠져야 근육이 멋지게 자리 잡는다고 해서 물도 며칠씩 마시지 않는, 평범한 우리 같은 사람들의 상식으로는 정말 말도 안 되는 일도 서슴없이 감행한다. 자신의 만족을 위해서 죽음과 싸우는 심정으로 자신에게 아주 극한의 신체적 스트레스를 주는 것이다. 또 공부를 잘하고 싶으면 하루, 일주일, 한 달, 그리고 일 년 계획을 아주 촘촘하게 세우고 불필요한 지인들과의 연락과 연을 끊다 싶을 정도로 주변을 정리하고 일상생활을 유지할 수 있는 최소한의 에너지만을 사용하면서 하루에 12시간 이상을 코피 터지기 직전까지 공부해도 상위권에 들기 힘들다. 우리 집 아들이 걸음마를 시작할 때 즈음에 아들은 계속해서 넘어지고 또 넘어졌다. 크게 넘어지면 어디라도 깨질까 봐 다른 집에서 많이들 사용하는 얇은 매트를 집 거실에 깔아 놓고 거기서 넘어지라고 교육을 하며 걸음마를 배웠다. 넘어지고 또 넘어져도 다른 사람들은 안 넘어지고 걸어 다니는 모습을 계속 보고 있으니 본인도 안 넘어지고 걷고 싶은 욕구가 생겼나 보다. 만 36개월이 다 되어 가는데 이제는 예전보다 자주 넘어지지 않고 빨리 뛰기도 한다. 그런 모습을 보면 나를 포함한 모든 인간이 다 저런 과정을 거쳤을 거라는 생각이 들었다. 지금의 나도 길을 걷다가 넘어질 수 있다는 불안감을 가지고 길을 걷거나 계단을 오를 때 넘어지면 어떡하지 하는 생각을 하지는 않는다. 그만큼 어린 나이에 많이 넘어져 봤고 그로 인해서 단련된 나의 다리를 믿기 때문일 것이다.

그림을 배우는 것도 마찬가지이다. 미술을 처음 시작하는 학생들의 눈높이는 하늘을 찌른다. 하늘을 찌르는 눈높이는 누가 가르쳐 준 것이 아니라 자신이 지금껏 살아오면서 스스로 키운 수준이기 때문에 어느 누구도 부정할 수 없는 정확한 수치이다. 요즘 미디어 기술, 영상 제작 기술은 정말 놀라울 정도이다. 이게 실사인지 그래픽인지 구별이 가지 않을 정도이고, 촬영 기술의 발달로 정말 실제 같은 살아 있는 생생함을 전달해 준다. 어렸을 적부터 이런 수준 높은 미디어에 노출되어 자라왔고 사실보다 더 사실적으로 우리 눈을 자극하는 TV와 스마트폰 보고 자란 세대들은 리얼(real, 실제)이 정말 뭔지 아는 세대이다. 지금은 아련한 고전 영화가 됐지만 제임스 카메론 감독의 〈아바타(avatar)〉와 워쇼스키 자매의 〈매트릭스(the matrix)〉가 처음 상영됐을 때는 '이제 이 정도 그래픽 수준의 영화까지 만들 수 있구나.' 하는 감탄사가 절로 나왔다. 카메론 감독은 〈아바타〉의 시나리오를 진작 써 놨지만, 그 시절에 기술로는 만들 수 없어서 기술이 좋아지면 그때 만들겠다고 선언하고, 촬영 기술이 좋아지길 기다렸다가 영화를 만들었다는 이야기도 있다. 하지만 지금 이런 영화를 다시 보면 참아 주기 힘든 그래픽이 눈에 들어온다. 그 사이에 우리의 눈이 더 높은 곳에 올라왔기 때문이다. 어렸을 때부터 스마트폰을 가지고 태어난 요즘 학생들에게는 익숙한 일들일 것이다. 이렇다 보니 웬만큼 사실적이지 않으면 시청자로 하여금 감동이나 공감을 끌어낼 수 없고, 자칫 조금만 어색한 부분이 나오면 '유치해' 혹은 '조악하다'라는 말과 함께 채널이 돌아가 버리는 상황을 목격하게 된다.

우리 모두 이런 눈을 가지긴 했지만, 손은 자신의 말을 잘 듣지 않는다. 높아진 자신의 눈의 수준이 자신에게 오히려 독이 되는 시점이 그림을 처음 배우는 학생들에게 찾아온다. 본인의 눈은 알고 있다. 어떤 것이 더 사실적이고 무엇이 예쁘며 누가 더 정확하게 표현했는지를 판단할 수 있다. 그런 눈을 가지 사람의 손이 그 눈높이를 따라가지 못하니 기가 막히고 환장할 노릇이다. 처음엔 다 그렇겠지 라고 생각하고 그림을 배우기 시작한 지 한두 달이 지났는데 나아지는 건 없고, 계속 어려운 사물들을 그리게 되고 오늘도 좌절하게 된다. 그림이 어느 정도 수준에까지 도달하는 시간은 사람마다 다르다. 거기에 노력의 여하에 따라 그 기간이 단축되기도 하고 늘어나기도 한다. 그림의 기본기는 머리로 하는 것이 아니라 몸소 체득하는 것이다.

모든 손을 쓰는 행위, 피아니스트, 바이올린 리스트 등의 음악가와 손을 쓰는 운동선수, 손으로 작업하는 공예가 등, 손으로 뭔가를 숙련되게 하려면 계속적인 반복 학습이 필요하다. 그렇지 않으면 위대한 피아니스트도, 뛰어난 운동선수도, 시대의 조각가도 나올 수가 없다. 그중에 그림을 배우는 일은 단연코 반복적인 연습과 손가락에 그림 그리는 근육을 만드는 투쟁으로 얻어질 수밖에 없다. 연필과 붓을 이용해서 손가락의 힘을 키우고 정확도를 높이는 노력을 최소 1년, 길게는 더 많은 시간을 투자해야 겨우 얻어지는 것이다. 이런 노력의 과정을 거치지 않고 본인의 눈높이와 동일한 손의 움직임을 얻으려고 하는 것은 너무나 큰 욕심이고 오만이다. 그러니 그림을 처음 시작한 학생들이 한두 달 안에 포기하는 경우가 많은 것도 무리는 아니다.

행운은 자신도 모르게 원치 않았던 결과를 얻었기 때문에 기쁘고 삶에 활력을 줄 수는 있지만 언제든지 다시 사라질 수도 있고 그 행운으로 인해 다른 불행이 찾아올 수도 있다. 운 좋게 게임이나 경기에서 승리를 했음에도 그 승리가 자신의 실력이라고 굳게 믿고 있다가 다시 좋은 결과를 얻지 못했을 때, 우리는 행운으로 얻은 승리가 당연하다는 듯, 자기 것이 아니었음에도 불구하고 좌절하고 슬퍼하며 불행이 찾아왔다고 느낄 것이다. 반대로 노력으로 얻어진 결과나 승리는 다른 누군가가 뺏기 힘들고 설사 잃었다고 해서 불행이 찾아오지 않는다. 다시 노력하면 된다는 걸, 자신 스스로 알고 있기 때문이다. 고액 연봉을

미켈란젤로 메리시 카라바지오(Michelangelo Merisi da Caravaggio) '행운' 1594~1599,
로마 카피톨리노 미술관 소장

받고 많은 사람에게 사랑받는 운동선수들은 내가 이 정도 실력과 능력
이 있는 선수이니 연습은 필요 없어, 라고 절대 생각하지 않는다. 경기
에 실적이 좋든, 안 좋든 항상 비슷한 양의 연습을 매일 이어나간다. 야
구선수는 조금 더 안정적인 스윙을 위해서 매일 수백 번의 스윙 연습을
하고, 축구선수는 조금 더 정확한 패스와 슛을 위해서 수백 번의 킥 연
습을 한다. 몸동작의 아름다운 곡선을 보여 주고자 하는 발레 선수는
몸이 굳지 않도록 하루에도 몇 시간의 스트레칭과 발레의 기본동작을
잡고 또 잡아 본다. 이렇게 자신의 노력으로 이룬 성공과 승리는 하루
아침에 무너지지 않고 누군가가 나를 이기고 내 기록을 앞질렀다고 해

서 불행이 찾아왔다고 생각하지 않는다. 오히려 자신의 연습이 부족했거나 자신 스스로 관리하지 못한 책임을 더 크게 생각한다. 그리고 다시 재기하려고 피나는 연습과 노력을 할 것이다.

이제 그림을 배워 보고자 하는 사람이거나, 이제 막 그림을 시작한 학생이 힘껏 노력했지만 만족할 만한 결과를 얻지 못했더라도 좌절하거나 너무 빨리 포기하지 말고, 자신의 손과 마음을 다듬고 또 다듬어서 본인이 하고자 하는 일을 조금씩, 조금씩 이루어 나갔으면 좋겠다.

창의력의
아버지

요제 바스티안 바흐(Johann Sebastian
Bach, 1685.03.21~1750.07.28)는 음악의 아버
지, 폴 세잔(Paul Cézanne, 1839.01.19~1906.
10.22)은 근대 회화의 아버지이고, 갈릴
레오 갈릴레이(Galileo Galilei, 1564.02.15~
1642.01.08)는 근대과학의 아버지이다.
갑자기 아버지 타령이냐고 하는 분들도
있을 텐데, 우리는 어느 분야에서 획기
적인 두각을 나타냈거나 특정 분야의 선

바흐

두에 서서 고난의 길을 개척해 나간 사람들을 'ㅇㅇㅇ의 아버지'라는 칭
호를 붙여준다. 우리 트로트의 아버지 '나훈아'(가수)처럼 말이다. 평범
한 사람들은 생각할 수 없는 천재적인 발상의 찬사일 수도 있고 고난의
역사에 대한 존경심의 표현일 수도 있을 것이다. 이 많고 많은 아버지
들 중 근대 철학의 아버지인 르네 데카르트(Rene Descartes, 1596.03.31~
1650.02.11)에 대해서 이야기해 보겠다. 프랑스 철학자로 유명한 데카르
트는 수학자이면서 물리학자이고 의학자로서의 삶도 살았다. 그가 남

긴 어록 중에 가장 유명한 말은 "나는 생각한다. 고로 존재한다."이다. "Cogito, ergo sum" (Je pense donc je suis) 원래 이 말은 히포의 아우구스티누스가 라틴어로 먼저 이야기했는데, 데카르트가 프랑스어로 다시 말한 것을 학자들이 라틴어로 역번역한 것이다. 프랑스 말로는 데카르트가 처음 사용한 말이 맞긴 한 것

데카르트

이다. "생각할 수 있는 사람만이 고로 영혼을 가진 증거이다."라는 말도 했는데, 이 말은 좀 섬뜩한 부분이 있다. 우리에게 영혼이 있는지 없는지는 확실치는 않지만, 생각을 하지 않으면 영혼이 없는 인간이라는 이야기가 되니, 내 영혼을 유지하려면 항상 생각을 하며 살아야 한다는 이야기가 된다. 가끔 사람들이 멍하니 아무 생각 없이 먼 산을 바라보는 경우가 있는데, 그 멍한 순간에는 영혼이 없을 가능성이 있다는 것이니 좀 무섭다. 데카르트에게는 생각이라는 단어가 정말 중요한 의미를 가진 말이었다는 게 느껴지는 대목이다.

프랑스 철학자 블레즈 파스칼 (Pascal Blaise, 1623~1662)도 데카르트와 비슷한 입장을 그의 저서 《팡세 Pensées》에서 이렇게 언급했다.

인간은 자연 가운데 가장 약한 하나의 갈대에 지나지 않는다. 그러나 인간은 생각하는 갈대이다. 인간을 파괴하는 데 전 우주가 무장할 필요는 없다. 하나의 증기, 하나의 물방울이면 인간을 죽이는 데 충분하다. 그

러나 우주가 인간을 파괴한다고 해도, 그때 인간은 인
간을 죽이는 우주보다 고귀하다. 왜냐하면 인간은 자
신이 죽는다는 것을, 그리고 우주가 인간보다 훨씬 우
월하다는 것을 이해하고 있기 때문이다. 그러나 우주는
아무것도 모른다.

데카르트와 파스칼의 말이 절대적인
진리라고는 할 수 없지만, 우리같이 평
범한 사람들이 생각해 봐도 '생각'이라
는 걸 할 수 있는 생물이 지구상에 많지
않다,라는 건 확실한 것 같고, 극소수의
생각할 수 있는 생물 중에서도 그 '생각'
을 하는 데에서 머물지 않고 '창의적 생
각'으로 발전할 수 있는 것은 인간이 유
일하지 않나,라는 생각을 하게 된다. 그

갈릴레오

래서 인간이 다른 '무엇'과 구별 짓는 가장 근본적인 기준이 되는 것이
'생각'이라는 단어에 있다는 것이 어느 정도는 공감이 간다.

생각이라는 단어는 자연스럽게 '창의력'이라는 단어를 연상하게 한
다. '창의적인 생각', '독특한 생각', '다른 사람과 다른 재미있는 생각',
'창의적 발상' 등등 우리는 이런 말을 자주 쓰고 이런 능력이 있는 것을
좋아하고, 이런 능력이 있다는 말을 듣고 싶어 한다. 그래서 남녀노소
너나 할 것 없이, 특히 자녀를 키우는 부모님들이 관심 갖는 것 중에 가
장 인기 있는 단어가 아마도 '창의력'일 것이다. 창의력이 좋아야 창조
적인 생각을 하게 되고 훌륭한 사람이 된다는 이야기를 어느 순간부터

TV에서도 듣기 시작했다. 창의력이 좋아야 애플을 창조해 낸 스티브 잡스(Steve Jobs, 1955.02.24~2011.10.05)처럼 전 세계 자산 랭킹 1, 2위를 다투는 기업의 CEO가 될 수 있고, 상대성 이론을 만든 아인슈타인(Albert Einstein, 1879.03.14.~1955.04.18) 같은 위대한 과학자가 된다는 이야기를 소위 전문가라는 사람들한테, 우린 귀에 못이 박힐 정도로 수없이 들어 왔다. 대학이나 기업에서도 창의력이 있는 학생과 인재를 선발한다는 문구가 즐비하다. 오죽하면 국민대 조형대학에서는 10여 년 전에 '발상과 표현'이라는 미술 실기 과목을 만들어서 학생들을 선발했겠는가. 그만큼 미술 분야에서도 학교나 사회에서 '창의적 생각', '창의적 발상'이라는 것을 중요하게 생각하고 있기 때문에 여기에 편승한 실기 시험 유형을 만들었다는 이야기일 것이다. 사회나 학교 교육이 이렇다 보니 아픈 아이에게 몸에 좋다는 약이 있다면 무엇이든 먹이고 싶은 부모의 심정으로 창의력 개발에 좋다고 하는 건 무엇이든 시켜보려고 노력을 한다. 그 창의력 개발이 특정 학원을 다녀야 한다거나 특수한 교재를 사용하면 개발된다는 이해 안 가는 논리가 있어서 문제이긴 하지만, 우리의 부모님들은 창의력 개발에 최선을 다한다. 하지만 대부분 학생과 학부모들은 썩 좋지 않은 결과를 받아 들게 되고, 결국에는 남들 하는 것만큼 큰 탈 없이 평범하게만 자라 줬으면 하는 바람으로 바뀌게 된다. 우리 아이의 창의력을 키우는 방법이 뭐가 있을까, 그 방법이 정말 있긴 한 것일까, 우리는 왜 이렇게 어려운 창의력이 필요로 하는 사회에서 살고 있을까.

우리는 데카르트의 말처럼 항상 생각하는 인간인 것처럼 여겨지고 믿고 싶어진다. 계속해서 생각을 골똘히 하다 보면 정말 기발한 생각이 나올 것 같은 기분이 든다. 하지만 우리가 항상 생각을 하고 있는 것은 아니다. 아침에 일어나 졸린 눈을 비비며 화장실 문을 열고 일을 본다. 거울에 뿌연 자신의 얼굴을 보면서 칫솔에 치약을 바르고 양치를 한다. 샤워기에 물의 온도를 적당히 맞추고 적당량의 샴푸를 손에 덜어 머리를 감을 때, 우리는 눈을 감고 아무 생각도 하지 않는다. 일상생활에서 특별한 일이 없거나 매일 반복되는 일상 속에서는 아무 생각도 하지 않는 게 정상이다. 그런데 아침에 일어나 화장실 문을 열었는데 문이 열리지 않을 때 우리는 생각한다. '안에 누가 있나?' '왜 문이 잠겨 있지?' 샤워기 물을 틀고 머리에 물을 적셨는데 갑자기 물이 얼음장처럼 차가우면 그때 우리는 생각한다. '앗 차가워. 왜 따뜻한 물이 안 나오지?', '보일러가 고장이 났나?' 매일 출·퇴근하던 지하철이 아니라 프랑스 파리의 복잡한 지하철을 타면 우리는 혹시 길을 잃지 않을까, 소매치기를 당하지 않을까, 지하철 노선도에 쓰여 있는 불어로 된 저 역의 이름은 뭘까, 하고 끊임없는 생각을 하게 된다. 잘 다니던 회사를 그만두고 새로운 직장에 첫 출근을 했을 때, 부장님은 어떤 사람일지, 사장님은 화를 낼 때 어떤 모습일지, 다른 동료들과 점심 식사는 어디로 가야 할지, 화장실은 어떻게 가는지를 생각하게 된다.

책으로 아주 재미있게 읽었던 소설이 영화로 나왔을 때, 기대하고 극장을 찾았다가 실망하는 경우가 많다. 소설 속에 나오는 여자 주인공이 이 남자를 버리고 다른 남자에게 갈 것인가 아니면 계속해서 이 남자 곁에 있으면서 이 남자의 재력을 등에 업고 자신의 꿈을 이루려고 할 것인가. 긴장감 있는 소설을 읽고 있을 때 우리는 예상하고, 기대하고, 생각하게 된다. 책은 작가가 쓴 글 속에 나의 상상력이 더해져서 읽어지기 때문에 작가의 상상력과 나의 상상력이 더해지니 소설은 더 재

미있어질 수밖에 없는 것이다. 더 나아
가 작가는 글을 제공했지만, 상상은 나
의 몫이 되는 것이다. 하지만 영화는 감
독이 상상한 것을 그냥 일방적인 화면으
로 받아들이기만 해야 하기 때문에 나의
상상력을 집어넣을 여력이 없는 것이
다. 시각을 자극하는 화려한 화면과 실
감나는 음향은 영화 속으로 충분히 빠져
들게 만든다. 여기에 멋진 남자 주인공

세잔

과 아름다운 여자 주인공이 더해지면 이게 현실인지, 영화인지를 구별
하기 힘들 정도로, 아니, 구별되지 않고 깊숙이 영화에 빠져들게 되는
것이다. 하지만 손에 땀을 쥐는 스릴러 영화라도 영화가 끝나고 나면
그 긴장감은 순식간에 해소되어 버린다. 우리는 감독이 의도한 대로,
영화의 구성대로 따라가기만 하면 되기 때문이다. 책은 그렇지 않다.
이건 어찌 보면 당연한 일이고, 책을 먼저 읽지 않고, 항상 영화를 먼저
보는 사람들은 이해할 수 없는 부분이다.

이처럼 우리는 새로운 것, 새로운 환경, 새로운 상황에 접했을 때 비
로소 생각하기 시작한다. 생각의 빈도수가 높아지면 질수록 창의성 있
는 생각이 나올 확률이 높아지는 것이다.

창의력 개발을 해 준다는 학원이나 특별한 교재를 보는 게 창의력 개
발에 좋은 것이 아니라 약간의 모험과 위험에 자신을 노출시켰을 때,
일상적으로 반복되던 삶을 떠나서 새로운 것에 직면하게 됐을 때, 인간
의 가장 고귀하고 위대한 장점을 부각시킬 수 있는 것이다. 박경철(의
사)은《자기혁명》(2011)에서 이런 말을 했다.

즉 창의성은 발견이지 발명이 아니며, 하늘 아래 있는 것들의 새로운 용도를 발견하고 그것들을 재조합하는 능력인 셈이다. 그렇다면 어떻게 해야 이런 '발견'을 할 수 있을까? 무엇보다 다양한 것들을 많이 접해야 한다. 실제 세계건 책이나 정보를 통해 얻는 간접 세계건 간에, 내가 겪어 보지 않은 것들을 경험하고 만나지 못한 사람들을 만나고 익숙하지 않은 것들을 접하면서 새로운 발견과 사고를 할 수 있다…〈중략〉…만약 창의성을 고민한다면, 사람을 만나되 나와 다른 사람을 만나고, 땅을 밟되 처음 밟는 땅을 밟고, 책을 읽되 생소한 분야를 읽어야 한다. 생소한 것들이 부단히 나를 자극할 때 그 자극에 의해 지각이 갈라지고 용암이 터져 나온다…〈중략〉…절대 잊지 말자. 우리의 내면에는 모두 창의성의 씨앗이 자라고 있다. 다만 그 씨를 틔우기 위해서는 다양한 경험과 독서, 공상을 통해 창의성이 자랄 토양을 기름지게 가꿔야 한다. 또 몸으로 실천하는 행동을 통해 싹이 돋아날 기회를 마련해야 한다. 비록 지금의 시스템이 개인의 창발성을 인정하고 키우는 데 유리한 제도가 아니더라도, 조직 혹은 사회의 이름으로 내가 가진 창의성의 씨앗이 짓눌린다 할지라도 우리 스스로 창의의 싹을 틔우기 위해 부단히 노력해야 한다. 그 속에 바로 자아실현의 길이 있다.

이렇듯 창의력을 개발하고 상상력을 풍부하게 만들어 줄 수 있는 요소들은 우리 도처에 많이 있다. 그림도 마찬가지이다. 미술관에서 생소한 그림을 봤을 때나 새로운 화풍의 그림을 접할 때 왠지 모를 감동과 울컥함을 느낄 때가 있다. 이런 경험을 해 본 사람은 계속해서 미술관과 전시장을 찾게 된다. 미술대학에 들어갔을 때 정말 많은 전시와 작품들을 찾아다녔던 것 같다. 특히 대학교 1, 2학년 때는 인사동이나 삼청동 쪽 갤러리에서 살다시피 했다. 시립미술관이나 현대미술관에서 큰 전시가 있으면 학교 수업을 마치고 대학 동기들과 부랴부랴 달려가서 전시를 봤던 기억이 생생하다. 대학생들에게 이수해야 할 수업 시간보다 자유와 생각할 시간을 줘야 하는 이유가 여기에 있는 것이다. 수업이 끝나고 "야, 전시 보러 갈래?" 하고 큰 의미를 두지 않고 미술관을 찾아가서 작품들을 관람하고 '이런 책이 나왔다고 하는데 서점에 가 볼까?' 하고 학교를 벗어나 서점에 들어가고 '도서관 앞에서 야외 강연이 있다는데 가서 들어 볼래?' 하고 가벼운 마음으로 강연을 들어보고 재미있으면 계속 듣고 아니면 '에이, 별루다' 하고 빠져나오는. 이런 시간들이 대학생들에게 절실히 필요한데, 취업 준비와 스펙 쌓기로 이런 생각 할 수 있는 자유를 잃어버린 게 오래전 일이다. 그림을 보는 것뿐만이 아니라 본인이 직접 종이에 그림을 그릴 때도 상상력에 자극을 줄 수 있다. 어떤 대상을 그림으로 그리려면 그 대상을 관찰한다. 관찰하다 보면 평소에 보지 못했던 부분들이 내 눈에 들어오게 된다. '여기에 이런 부품이 붙어 있었네.', '이 안은 그동안 못 보던 게 숨어 있었네.' 하며 새로운 것을 발견한다. 우리에 일상에서 아무 의미 없이 지나치던 것들을 발견하고 여기에서 아이디어나 창조적인 생각을 얻게 되는 것이다. 그냥 보는 것과 주의 깊게 자세히 보는 것의 차이를 이해해야 하는 것이다. '질량을 가진 모든 물체는 두 물체 사이에 질량의 곱에 비례하고 두 물체의 질점 사이 거리의 제곱에 반비례하는 인력이 작용한다는 법칙'을 발견한 아이작 뉴턴(Issac Newton, 1642~1727)은 사과나무에서 사과가 떨어지는 아주 흔하디흔한 모습을 보고 이 위대한 발견을 했다고 하지 않는가.

그림을 그리는 것이, 단순히 종이 위에 연필 스케치를 하고 물감을 조색해서 붓으로 캔버스를 채우는 것이 아니라 '사물에 대한 관찰' 곧 창의성을 개발할 수 있는 밑거름을 다지는 것이다. 미술학원에서도 학생들을 가르칠 때 어떤 사물을 '정확하게 관찰해서 그려라', '외워서 그리지 마라.'라는 주문을 항상 하게 된다. 이런 주문을 계속해서 반복하는 이유는 그림을 그리는 학생들은 평범한 사람들에 비해 관찰력에 대한 훈련을 많이 하기 때문에 관찰력이 좋은 편이다. 하지만 어느 정도 그림을 그리다 보면 관찰해서 그리려고 하지 않고 본인의 머릿속에 있는 걸, 대충 아는 정도까지만 그리려고 한다. 그동안 쌓아온 본인의 기억력을 바탕으로 외워서 그리려고 하는 것이다. 한마디로 아침에 아무 생각 없이 자신의 기억력에 의존해서 화장실 문을 열고, 아무 생각 없이 양치질을 하는 것과 같다. 이런 사람들의 기억에 의존한 습관적인 행동과 생각들을 돌파하기 위해서 우리는 새로운 것, 새로운 환경, 새로운 상황을 계속해서 접할 수 있게 노력해야 해야 한다.

여러분들이 미술관에 직접 가서 보지 않더라도 그림책이나 인터넷에서 한 번쯤 봐왔을 아주 유명한 화가들의 대표적인 작품들이 어디 하늘에 뚝딱하고 떨어진 것이 아니라 그 화가가 수천, 수 만장의 그림과 함께 만들어 낸 화가의 상상력과 사물에 대한 집요한 관찰력에서 나온 그림인 것이다. 창의력을 키우고 싶다면 책 한 권과 연필 하나를 들고 문밖으로 나가, 내가 가 보지 못한 곳으로 길을 걸어라. 길을 걷다, 앉아서 쉴 수 있는 곳이 있으면 앉아서 책을 읽고, 생각나는 것이 있으면 종이에 메모하고, 기억하고 싶은 풍경이나 사물이 있다면 스마트폰에 있는 카메라로 사진을 찍기보다는 연필로 세심하게 관찰하고 스케치해 보자.

세잔(Paul Cezanne) '수욕도' 1899~1909, 필라델피아 미술관 소장

최초의 자유. 그것은 아직 자유로운 선택의 자유가
아니라 시작의 자유이다.

— 레비나스 —

# 미술은
# 생물이다

미대 입시뿐만이 아니라 모든 대학 입시 전형은 대학이 생긴 이후로 계속해서 변화했다. 우리 아버지 세대들이 대학을 갈 때와 2000년 이후에 태어난 세대들의 대학 진학 방법은 천지 차이다. 항간에 젊은 사람들이나 온라인상에서 자주 사용했던 말 중에 '나 때는 말이야.'(latte is horse)라는 말이 유행한 적이 있었다. 직장 상사나 학교 선배들이 '나 신입사원 때는 말이야 이렇게 했는데 요즘 신입들은 이런 것도 안 해', '나 대학 다닐 때는 말이야 선배들한테 어떻게 했는데 요즘 후배들은 인사도 잘 안 해' 이런 식으로 옛날에는 어쨌는데 요즘은 '이렇다' 혹은 '다르다'는 표현으로 나이 많은 사람들이나 직장 상사 혹은 학교 선배들이 이런 말을 자주 쓴다는 것에 대한 약간의 조롱과 희화화하려는 목적으로 생겨난 말이다. 한 마디로 옛날얘기 그만하고 현재를 인식해라, 세상은 변했고 그런 말은 이제 통하지 않는다,라는 여러 가지 의미가 내포되어 있는 것이다. 나도 학원에서 수업을 하다가 학생들에게 이런 이야기를 들은 적이 있다. 한 학생이 'latte is horse'라고 적혀 있는 종이를 보여 주며 '선생님, 이게 무슨 뜻인지 아세요?'라고 물어보기에 '라테는 말이다?' 이렇게 읽었더니 실기실 안에 있는 학생들이 다 같이 웃음을 터뜨린 일이 있었다. 질문한 학생은 이 말의 의미를 말해 주고 선생님도 이 말을 자주 쓴다는 이야기까지 해 주었다. 그렇게 다 같이 선생님도 옛날 세대, 기성세대, 나이 드신 세대, 노땅 세대라는 확인을 시켜 주는 계기였던 것이다.

　같은 회사, 학교, 동아리, 모임 등에 있다 보면 시간에 차이는 있지만 비슷한 환경에서 비슷한 일들이 반복되게 마련이다. 어떤 일과 행동을 먼저 경험해 본 사람은 부하 직원이나 후배들이 내가 예전에 했던 일들을 반복하게 되면 자신도 예전에 그 일을 했었고 그 일을 할 때의 기억이 떠오를 것이다. 그러다 보면 한마디씩 하게 되는데 그걸 요즘 젊은 사람들은 불편해 하는 것이다. 그때와 지금은 다른데, 그 시절에 그 상황이 중요하지 않고 지금, 바로 현재의 이 문제가 중요한데 왜 옛날얘기를 하지, 라는 의미이다. 한마디로 불편하고 듣기 거북한 것이다. 지난 과거에 상황과 현재의 상황이 비슷하다고 하더라도 그때와 지금은 엄연히 다르고, 눈코 뜰 사이 없이 빠르게 돌아가는 현실에서 해결할 일도 많은데 옛날이야기를 해서 뭐 하겠는가.

　미대 입시도 마찬가지이다. 우리 세대에서 대학을 가던 방법과 2002년 한·일 월드컵 이후에 태어난 아들, 딸들의 대학 가는 방법은 다르다. 하지만 이런 차이가 세대별로 혹은 어떤 특정한 기간별로 크게 변화하는 것이 아니라. 세대별로는 큰 차이를 보이지만 1, 2년 사이에서 크게 변화한 것처럼 보이지 않는다. 오히려 바뀐 게 없는 것처럼 느껴질 수도 있다. 아주 조금씩, 조금씩 변화하고 정권이 바뀌는 시기에 좀 크게 변화한다. 10년이나 20년 단위로는 더 크게 변화한다. 그래서 요즘 학생들의 부모님들은 당신이 미대 입시에 경험이 있는데도 불구하고 요즘 입시에 대해서 아주 많이 낯설어 하시고 이해하시는 데 시간이 오래 걸리신다.

조금씩 변화하면서 많이 바뀌어 있는 미대 입시를 현재에 기준으로만 이야기한다는 것은 자칫 큰 곰의 등을 만지면서 작은 강아지의 전체를 만졌다고 느끼는 것과 같을 것이다.

여기서 언급된 내용이 1년이 지난 시점에는 또 얼마나 바뀌어 있을지 예측하기도 힘든 일이다. 하지만 미대 입시는 생물이라는 걸 전제하고 입시가 어떻게 변화되었는지를 이해하면 앞으로 또 어떻게 변화하고 커 나갈지도 어느 정도 감을 잡을 수 있을 것이다.

## 살아 움직이는 대학

미술대학을 선택하는 기준은 뭘까. 어떤 기준을 두고 선택을 해야 하는지에 대해서 궁금해 할 것이다. 요즘 같은 시대에 맞는 질문이라면 '어떤 미술대학을 가야 취업이 잘 될까'라는 걸로 대신할 수 있을 것이다.

우리가 흔히 얘기하는 SKY를(서울대, 고려대, 연세대) 기준으로 미술대학을 가야 하는지, 잘 모르는 분들은 홍대 미대가 좋다는데 거길 가야 하나. 특히 미술대학을 진학하려고 이제 막 준비를 시작한 학생, 학부모님들은 더욱 헷갈리고 궁금한 것들이 많을 것이다.

나처럼 미술이 마냥 좋아서 아무 사전 지식 없이 시작한 구세대 사람들은 미술대학은 무조건 홍대가 가장 좋은 학교라는 맹목적인 사고를 가지고 입시를 준비하고 대학에 진학했다. 그렇다. 너무 맹목적이었다. 아는 것이 많지 않으니 당연히 선택의 폭도 아주 좁았다.

하지만 지금은 시대가 변했고, 세상이 너무 빨리 변해서 정보도 쉽게 얻을 수 있고, 마음만 먹으면 어떤 학교가, 어디에, 무슨 교육을 하고, 교수진은 어떻게 이루어져 있는지, 취업률은 어느 정도 되는지를 많은 노력을 들이지 않아도 쉽게 찾아볼 수 있다.

대학교 모습

　　그런데 여기서 문제가 생긴다. 너무나 많은 정보가 여기저기 떠돌아다니기 때문에 오히려 자신에게 맞는 정보를 선택하기가 쉽지 않은 세상이 되어 버렸다. 예전에는 정보가 없어서 구하기 힘이 들었다면 이제는 정보가 너무 많다 보니 그 정보의 옥석을 가리는 게 어려워진 것이다. 포털사이트 '네이버'(NAVER)나 '다음'(DAUM)에 ○○대학을 치면바로 해당 대학의 사이트가 뜨고, 그 대학이 어디에 위치해 있고, 어떤교육목표와 커리큘럼으로 학생들을 가르치고, 대학 진학 방법은 무엇이며, 우리 학교에 들어오면 어떤 장학 혜택이 있는지 등을 아주 멋진남학생과 여학생이 웃는 모습으로 친절하게 다양한 파일 형식으로 설명해 준다. 각종 커뮤니티와 카페, 블로그, SNS 그리고 입시 관련 정보사이트나 컨설팅 학원들까지 정말 너무나 많은 정보가 있어서 어떤 걸주로 보면서 계획을 짜야 하는지 막막한 경우가 많다. 예전처럼 맹목적이긴 하지만 학교나 학원 선생님이 추천해 주는 대로 준비하면 그만이었던 시절이 어떻게 보면 좋을 수도 있다.

대학을 구별할 때도 상위권이냐 중위권이냐, 아니면 서울, 수도권 대학이냐 지역대학이냐, 같이 다양한 기준으로 대학을 나눌 수 있기 때문에 어떤 기준으로 미술대학을 선택해야 하는지도 헷갈린다. 그리고 미술을 학벌로 나눈다는 것 자체가 무슨 의미가 있겠나 하는 생각도 든다. 미술은 그림만 잘 그리면 되는 거 아니야 라는 생각이 들 수도 있고, 좋은 대학 나온 사람이라고 해서 꼭 미술로 성공한다는 보장도 없기 때문이다. 유명한 화가나 작가 그리고 디자이너에게 학교를 어디 나왔느냐고 물어보는 경우가 흔치 않고 그렇게 하지도 않기 때문이다. 하지만 우리나라 상황은 좀 다른 점이 있다. 학연, 지연, 혈연을 아예 무시하면서 살아갈 수 없는 사회이기도 하고, 나라가 좁고 경제를 지탱해가는 지역이 한정적이기 때문에 서로 간에 결속을 다지기 위해서 학연, 지연 등을 많이 따진다. 요즘엔 '따진다'라기 보다는 그런 연결고리까지 있으면 '더 좋다' 정도일 것이다.

미술대학도 마찬가지로 그런 연결고리를 찾고 싶어 하는 사람들이 많다. 그렇다 보니 대학을 선택하는 기준도 거기에 맞추어져 있다. 특히 요즘엔 지역으로 구별하는 의미는 많이 없어졌다고 본다. 우리나라 인구의 1/2이 조금 못 미치는 인구가 서울, 수도권에 모여 살고 있고 거기에 많은 대학이 모여 있다. 그래서 예전에는 경상도나 전라도에 있는 국공립대학들도 이름을 떨치고 경쟁률도 높아서 우수한 학생들이 많이 진학했고, 기업이나 회사에서도 큰 차별 없이 직원들을 선발했다. 하지만 인구수도 많이 감소하고 지역 불균형이 심해지면서 대학들도 서울, 수도권에 있다는 이유만으로 경쟁률이 높아지고, 인 서울(In-Seoul)대학이라는 우월한 의미의 명칭을 갖기 시작했다. 이렇다 보니 학교나 학원들에서도 지역에 있는 대학을 그리 적극적으로 추천하지 않는다. 지역의 이름 있는 국·공립대학보다는 서울, 수도권에 자리 잡은 학교를 추천한다. 미술대학은 더더욱 그렇다. 대부분 기업들의 본사가 서울. 수도권에 위치해 있고, 그런 기업에 협력하는 업체들도 서울, 수도권에 자리를 잡고 있으며, 특히 디자인회사는 거의 서울, 수도권에 자리 잡다 보니 어차피 지역에 있는 대학을 나와도 취직을 하려면 서울, 수도권으로 와야 하는 문제가 발생한다. 그러다 보니 대학의 교육 수준과 대학의 이름보다는 통학이 가능하고 접근성이 좋은 서울, 수도권대학들이 인기가 높아진 건 사실이다.

우리는 흔히 대한민국에서 '제2의 도시'를 떠올리면 많은 사람이 '부산'을 떠올린다. 바다와 도시가 맞닿아 있는 부산은 인구수도 많고 경제적으로도 수도 서울 다음으로 큰 도시로 생각하게 된다. 하지만 지금의 현실은 그렇지 않다. 통계청 자료를 보면 2017년 기준으로 지역총생산은 인천이 84.1조 그리고 부산이 83.4조로 인천이 더 높다. 2020년 인구수는 인천이 295만 명이고 부산이 334만 명인데, 이것도 2030년부터는 인천의 인구수가 부산을 앞지를 것으로 예측되고 있다. 여기에 더해서 30대 도시 중 인구 순위 상승 도시가 2010~2020년 기준으로 수원, 고양, 용인, 화성, 남양주, 평택, 파주, 김포, 경기 광주, 청주까지 10개 도시가 있는데 그중 9개 도시가 수도권에 모여 있다. 이런 서울, 수도권 집중화 현상이 대학의 선열과 선호도까지 변화시키고 있는 것이고, 앞으로도 이런 현상이 지속될 것이라고 본다.

이렇다 보니 나조차도 학생들을 지도하거나 학부모님과의 진학 상담을 할 때 예전처럼 지역 국·공립대학을 추천하기보다는 서울이나 수도권에 통학이 가능한 대학으로 권유하고 또 학생이나 학부모님들도 그걸 원하신다. 미술을 하는 학생들이 남학생보다는 여학생 비율이 높기 때문에 너무 멀리까지 보내고 싶지 않은 부모님의 마음을 헤아린다. 라는 생각으로 진학 상담을 하게 되는 것이다.

우리가 흔히 얘기하는 상위권이냐 중, 하위권이냐는 기준으로 나뉘는 것에 대해 이야기해 보자. 여기서 상위권은 ○○대학, ○○대학, 중위권은 ○○대학, ○○대학, 이렇게 이름을 나열하면 그걸 인정하지 않을 수 있는 사람들도 많을 것이고, 인정은 하지만 어느 한쪽에 거론된 것이 언짢은 사람들도 있을 것이다. 대학을 정확하게 알고 있지 않은 학생이나 학부모들에게 대학이 어떤 기준과 수준으로 나눠진다, 정도까지는 설명하기 위해서 아주 개인적이고, 편향된 기준과 위에서 언급한 것처럼 서울, 수도권 대학을 위주로 설명하는 것이니 오해가 없길 바랍니다.

미술대학에서 상위권이라고 하면 서울대, 홍익대, 국민대, 고려대, 이화여대, 서울시립대, 서울과기대, 성균관대 정도로 나누면 될 것 같고, 중위권은 숙명여대, 건국대, 중앙대, 단국대, 성신여대, 서울여대 등 서울에 위치한 대부분의 대학과 지역의 국·공립대학이라고 생각하면 좋을 것 같다. 그리고 하위권은 위에서 얘기한 것처럼 서울, 수도권에서 얼마나 멀어지냐의 기준으로 나누면 될 것 같다

여기서 주목해 봐야 할 것은 어느 대학이, 어느 위치에 속해 있느냐를 따지기 전에 대부분의 대학들이 서울, 수도권에 위치한 대학들이라는 것이다. 한 가지 예를 들면 SKY이 대학을 기준으로 본다면 미술대학도 서울대, 고려대, 연세대가 상위권 대학에 있어야 마땅한 일일 텐데. 서울대와 고려대는 수능 등급이 최소 2등급 이상 되어야 지원이 가능하지만, 연세대는 디자인 학부가 원주 캠퍼스에 있다는 이유로 수능 등급이 4등급에서 3등급 중반이면 지원 가능하다. 만약 연세대가 서울

신촌 캠퍼스에 디자인 학부가 있었다면 서울대와 고려대 정도의 수준으로 수능 성적 수준이 올라갔을 것이다.

이처럼 미술대학은 대학의 이름으로만 구별하기도 어렵고 지역과 위치에 따라 구별하기도 어렵다. 대략적인 대학의 수준과 미술대학의 규모 그리고 위치 등을 종합해서 봐줄 필요가 있다.

상위권이라고 구별되는 대학들의 특징은 종합대학으로서의 입지가 높은 대학이거나 아니면 미술대학의 인지도와 선발인원이 타 대학보다 현저히 높다는 특징을 보인다. 홍익대를 예를 들면 홍익대는 한 해 미술대학에서 뽑는 인원이 500명 정도를 선발한다. 우리나라에서 이만큼의 미대 인원을 뽑는 대학은 없다. 여기에서 홍익대 세종 캠퍼스의 300명 인원을 더하면 800명 정도를 뽑는 셈이니 정말 많은 인원을 뽑는다. 이런 많은 인원을 선발하고 또 사회에 뿌려지는 인원도 당연히 많을 테니, 같은 동문의 사회적 저변이 다른 학교에 비해 두터워지는 건 당연한 사실이다. 반대로 고려대 같은 경우는 한해 50명을 선발하고 전체인원을 학부제로 운영하고 있다. 인원은 적지만 학교에 인지도가 높고, 입학하는 학생들의 학과 성적과 실기 수준이 높기 때문에 인원이 적다고 해서 얕잡아 볼 학교가 아니다. 극단적인 예일 수는 있지만 그만큼 어느 한쪽 면만을 보고 학교의 수준을 파악하는 것은 무리가 있다는 얘기다.

미술대학의 전통과 사회적 저변을 중점적으로 볼 수도 있고, 대학 자체의 인지도나 학생의 선호도를 중심으로 학교를 선택할 수도 있는 것이다.

중위권 대학은 대부분 서울, 수도권에 몰려 있다. 각 지역별로 국·공립 대학들도 비슷한 수준을 보이고 있긴 하지만 예전보다 학생들의 인기와 경쟁률이 떨어지는 건 인정하기 싫은 현실이다. 그 이유는 학령인구 감소와 서울, 수도권의 집중화 현상이라고 설명할 수 있을 것 같다. 하지만 같은 지역이라고 하더라도 통학이 얼마나 편리한지, 도심권에서 어느 정도 거리에 위치해 있는지에 따라서 학생들의 선호도와 경쟁률의 차이를 보인다. 한 가지 예로, 지하철이 발달되어 있는 인천과 수원 쪽 학교들이 인기가 높고 경부고속도로에 인접한 학교들도 높은 선호도를 보인다. 도심권에 있지 않아도 통학하기가 편하면 기숙사나 자취를 하지 않고 부모님 집에서 학교를 다닐 수 있기 때문에 선호도와 경쟁률이 올라가는 것이다. 그래서 도심권에서 조금 멀다고 해서 무조건 '중위권 대학이다, 하위권 대학이다.'라고 할 수 없고, 그 안에서도 학교의 인지도와 수준 차이가 많이 난다는 것을 학생이나 학부모들이 확인했으면 좋겠다.

마지막으로 하위권 대학들은 지원하는 학생들의 학과 성적이 다른 대학들에 비해 낮고, 선발인원이 적으며 경쟁률도 상대적으로 낮다. 학령인구의 감소, 서울, 수도권의 집중화 현상, 여기에 대학 종합평가로 심하게는 매년 퇴출 위기를 맞는 대학들도 많다. 대학이 순식간에 없어지는 경우는 흔치 않지만 그래도 다니던 대학이 갑자기 없어지면 학생, 학부모 입장에서는 얼마나 황당한 일이겠는가. 하위권 대학을 선택할 때는 대학의 접근성과 위치 그리고 학과 인원과 교수진 등을 충분히 파악하고 전문가들의 지속적인 상담을 통해서 지원하는 것이 좋고, 학교의 이름보다는 지리적 요인을 조금 더 생각하는 것이 좋을 듯싶다. 그 이유는 위에서 충분히 설명이 된 것 같다.

대학을 구별하는 일조차도 이렇게 복잡한데 각 대학마다 나뉘어 있는 학과의 종류와 전공을 어떻게 선택해야 하는지를 이해하는 건 쉬운

일이 아니다. 여기에 대학마다 어떻게 학과 관리를 하고, 어느 정도의
학과 성적을 유지해야 지원할 수 있는지도 확인해야 한다. 또 어떤 종
류의 실기 과목으로 실기 시험을 치르는지 파악하는 것은 비전문가인
학생과 학부모 입장에서는 아주 힘들고 머리 아픈 일이다.

## 언젠가는 잡히는 전공

입시 미술을 시작할 때 많은 학생들은 본인이 하고자 하는 목표—일, 직업, 장래 희망 등—가 있기 때문에 미술을 시작한다. 위대한 화가가 되고 싶은 사람도 있고 멋진 디자이너를 꿈꾸는 학생들도 있다. 그런데 문제는 목표로 세운 그 일 혹은 직업이 본인이 생각하는 거와는 많이 다를 수 있다는 걸 잘 알지 못하고 시작하는 경우가 거의 대부분이다. 대학을 선택하는 것만큼 자신의 전공을 어떻게 선택하느냐, 도 중요하기 때문에 전공에 관한 이야기를 해보자.

대학에 진학한 후에 대학에서 많은 사람을 만나고 새로운 사람들을 사귀게 된다. 난 재수를 했으니 당연히 비슷한 처지였던 동기들과 가깝게 지내게 됐다. 그중에서 '차준홍'이라는 친구가 있다. 이 친구는 아주 천재적인 재능을 타고난 사람인지라 고3 때 다른 대학에 진학했다가 홍대 미대를 가겠다는 생각으로 큰 고생 없이 아주 짧게 다시 입시를 해서 홍대에 합격했다. 나 같은 평범한 사람은 상상하기 힘든 일이다. 어쨌든 이 친구와 나는 대학 시절 아주 가깝게 지냈다. 금속 공예에 대한 매력을 같이 느꼈고 작업에 대한 궁금증을 함께 풀어나가며 많은 시간을 함께했다. 특히나 서로의 삶에 대한 가치관이나 삶을 대하는 자세, 예술에 대한 궁금증들을 함께 고민하고, 어디 있는지 모를 '삶의 의미'와 어디에 있을 것만 같은 '삶의 목표'를 찾고자 각자의 위치에서 노력했었다. 20대 초반의 대학생들이면 비슷하게 하는 고민들을 공유하면서 이런저런 일들을 함께하기도 했고 전공을 살린 사업을 구상해보며 이곳저곳에 일을 찾아다니고 거기서 번 돈을 가지고 힘든 대학 생활을 이겨내고 또 즐기기도 했다. 금속 공예를 배우다 보면 입체를 다루는 쪽에 일도 많이 하지만 워낙 직접 만드는 일을 주로 배우고, 그런 쪽에 관심 있는 사람들끼리 모인 집단이기 때문에 일반 사람들이 만들기 어려운 입체물이나 아주 정밀한 작업이 필요한 일들이 많이 들어오고 그런 작업을 위주로 돈벌이를 하게 된다. 그러다 보면 학생의 신분으로는 제법 많은 돈을 벌 때도 있고, 선배나 지인의 소개로 들어오는 일이어서 거의 최저 수당만 받고 하는 일도 있다. 돈이 잘 벌릴 때야 좋긴 하지만 수입이 적어지면 앞으로 뭘 먹고 살아야 하나, 라는 고민을 당연히 하게 된다. 그래도 난 다행이었던 건 대학교 1학년 때부터 미술 학원 보조 강사 아르바이트를 계속해서 하고 있었다. 일주일에 3일 정도 미술학원에 나가서 아이들을 가르치고 거기서 나오는 돈으로 대학 생활을 이어나갔다. '될성부른 나무는 떡잎부터 다르다.'고 했던가, 하지만 이 친구는 다른 아르바이트보다는 작업을 해서 나오는 돈으로 생계를 꾸려 갔고, 그런 쪽의 고민을 더 하다 보니 정말 우리 쪽 사람들이 흔히 얘기하는 '작가의 냄새'가 자연스럽게 풍겨 나왔다. 그래서 대학 때 별명도 '차 작가'였다. 대학 재학 중에 경기도에서 주최하는 '조각 공모전'에서 입상해서 경기도 어디쯤 있는 공원에 본인이 직접 제작한 조각품을 전시했다. 여기에서 나온 상금을 받아서 학비에 보태거나 나와 함께 일을 하면서 나오는 돈으로 자신의 대학 등록금과 생활비를 충당하는 쪽으로 방향을 잡았기 때문에 나와 함께하는 시간이 많았지만,

차준홍 '물병과 청록색 물잔' 2017, 개인소장

그럼에도 생활하는 방식이나 패턴이 나와는 많은 차이를 보였다. 이렇다 보니 이 친구는 점점 나와는 색깔도 많이 달라지고 작업에 대한 열망도 더 깊어졌다. 하지만 IMF 세대인 우리는 졸업이 다가오자 각자 살길을 찾을 수밖에 없었고, 그동안의 많은 일들은 좋은 경험으로만 남겨 놓고 각자의 생존을 위해서 직업 전선에 뛰어들게 되었다. 나는 배운 게 도둑질이라고 학원계로 자연스럽게 흘러들었고, 그 친구는 주얼리(Jewelry)를 생산, 유통하는 '미니골드(minigold)'와 신문발행을 주 업무로 하는 '세계일보(The Segye Times)'를 거쳐서 지금은 우리나라 3대 일간지 중에 하나인 '중앙일보(JoongAngIlbo)' 편집기자로 일을 하고 있다. 10년 정도의 시간이 훌쩍 지나서, 나는 나대로 학원계에서 어느 정도 자리를 잡았고, 친구도 그쪽 분야에서 성실하게 경력을 쌓아서 얼마 전에는 10년 이상을 근속했다고 회사에서 안식월이 주어져서 가족들과 한 달 동안 유럽 여행을 다녀왔다. 금속 공예를 전공한 사람이 신문사 편집기자라고 하면 사뭇 어색하고 신기한 일이라고 생각할 것이다. 그런데 조금만 이 바닥에 생리를 알고 나면 그리 놀라운 일도 아니다.

미술, 그 안에 디자인 계열이 있다. 그 디자인 계열 안으로 들어가는 건 쉽지 않다. 하지만 들어가고 나면 그 안에서는 어디든 옮겨 다닐 수 있다. 시각디자인, 산업디자인, 영상디자인, 패션디자인…. 엄연히 하는 일과 목표는 당연히 다르지만, 기본적인 디자인의 접근 방법과 기초 스킬들은 비슷한 맥락이 있고, 거기서 본인한테 조금 더 잘 맞는 걸 찾아서 모드 전환을 하면 자기 일과 직업이 되는 것이다. 쉽게 얘기하면 일러스트레이터 일을 하는 사람이 자동차 디자인을 못 하라는 법은 없다. 어느 쪽에, 얼마나 관심이 있고, 열정이 있느냐에 차이지 완전히 다른 업종의 일이 아닌 것이다. 그 전공에 빠져들면서 전문적인 기술과 지식을 습득해 나가다 보면 사람의 색깔이 달라지는 것이다. 모든 것이 예술 안에, 디자인 영역 안에 포함되어 있기 때문에 그리 어려운 일이 아니다. 〈모나리자〉와 〈최후의 만찬〉을 그린 화가로 우리가 잘 알고 있는 레오나르도 다빈치(Leonardo da Vinci, 1452.4.15~1519.5.2)도 천재적인 미술가이자 기술자였고 조각, 건축, 수학, 과학, 음악, 철학에 이르기까지 다양

레오나르도 다빈치(Leonardo da Vinci) '모나리자' 1503~1506, 파리 루브르 박물관 소장

한 방면에서 활약하지 않았던가. 어찌 보면 당연한 일이기도 하다. 예술이라는 게 자신의 생각과 정체성을 드러내는 작업이기 때문에 철학적 소양이 있어야 하고 미술 안에 조각, 건축, 기술은 당연히 함께 갖추어야 하는 덕목이다. 여기에 수학과 과학적 지식까지 겸비하면 자신이 표현하고자 하는 것에 날개를 단 셈이 될 것이다. 그림을 그리는 사람들, 디자인 쪽에 몸담고 있는 사람들은 자신의 전공뿐만 아니라 다양한 분야에 관심을 가지려고 노력하고, 실제로 자신의 전공 이외에 분야에서 두각을 나타내는 사람들도 많다.

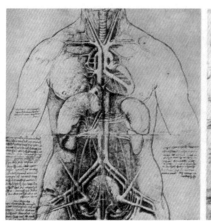

레오나르도 다빈치(Leonardo da Vinci) '인체 해부도' 15세기경 파리 루브르 박물관 소장

이 친구도 그랬다. 전공은 금속 공예이지만 신문사에서 그래픽을 담당하는 업무를 맡고 있고 '기자상'도 여러 번 받았다. 전공은 금속을 다루고 입체를 표현하는 과를 졸업했지만, 지금은 신문에 들어갈 그림을 만들고 다양한 그래픽을 다루는 전문가인 것이다. 그렇다고 한 번 그래픽에 관한 직업을 가졌다고 해서 계속 이 일만을 해야 하는 것도 아니다. 틈틈이 캔버스에 그림도 그리고 입체작업도 할 수 있다. 몇 년 전에는 개인전을 열어서 많은 사람에게 '나는 요즘 이런 작업도 하고 있다.'라는 걸 보여 줬다. 본인의 작업에 대한 고민과 열정을 소개하기도 하고, 조각 공모전에 당선되어서 가깝게 지내는 지인들에게 축하도 받고 술과 고기도 샀던 기억이 난다. 이 친구가 전시했던 그림 중에 판화 작품을 내가 사서 우리 집 손님방에 걸어 두기도 했다. 훗날 아주 유명한 작가가 돼서 그림 값이 천정부지로 오르면 그때 팔 심산으로 미리 사 두었다. 제발 그렇게 되길 간절히 바란다. 난 이 친구의 그림뿐만이 아니라 가깝게 지내던 지인이나 제자의 그림들을 자주 사는 편이다.

집이 좁아서 다 걸어 놓을 수 없어 한쪽에 잘 포장해 보관하고는 있지만, 꾸준히 돈을 주고 구매한다. 우리나라는 미술시장이 그리 활성화되어 있지 않고 특권층의 전유물처럼 여겨지는 경우가 많다. 정신없이 바삐 사는 와중에 그림 감상할 여유가 어디 있겠는가. 사회현실이 이렇다 보니 작품을 팔아서 생계를 꾸려 나가고 재료를 사서 작업도 해야 하는데 그렇지 못하니, 미술에 꿈을 가진 학생이나 작가들이 그 꿈을 쉽게 포기하는 경우가 많다. 그래서 비싼 가격은 아니지만 난 작품을 돈을 내고 산다. '아는 사람이니까 그림 하나 줘' 이렇게 하지 않는다.

대부분의 학생들은 전공을 선택할 때 아무것도 모르거나 어렴풋이 아는 지식으로 선택하는 경우가 많다. 그게 잘못된 것이 아니라 거기서부터 시작하면 된다. 그러니 겁내지 말고 하나의 전공을 선택하면 꼭 평생 해야 한다고 생각하지 말고 자신이 아는 것만큼만 선택하면 된다. 그래서 하나하나씩 배우면서 자신에게 맞는 걸 찾아 나가면 된다. 배우고, 찾다 보면 모르는 게 생기고 모르는 걸 알아 가면서 재미도 알게 되고 재미가 없으면 다른 걸 또 찾으면 된다. 우리는 처음 만난 사람에게서 사랑의 감정을 느낀다. 그 사람에 대해서 아는 것이 하나도 없는데도 사랑을 느끼고 그 사람에게 빠져든다. 사랑에 빠진 후에 그 사람에 대해서 알고 싶어 하고 사소한 하나하나까지도 놓치지 않으려고 한다. 그 사람에 대해서 다 알고 난 다음에 '자 이제 사랑을 시작해 볼까.'라고 하는 사람은 없다. 그게 사랑의 시작이다. 불확실함에 내 모든 것을 거는 것. 전공 선택도 마찬가지이다. 마치 모르는 사람한테 사랑에 빠지는 것처럼, 조금씩 알아 가면서 찾다 보면 나중에 실패할 확률이 낮고, 진짜 본인이 사랑하는 게 뭔지, 좋아하는 게 뭔지를 찾을 수 있다. 너무 늦었다고 생각하지 말고, 겁내지 말고, 지금부터라도 조금

차준홍 '흰 나비를 닮은 나비가 아닌 것' 2018, 나눔의 집 소장

씩 공부하고, 알아 가면 큰 문제가 생기지 않는다. 설사 잘못된 선택이었다는 걸 깨달았다고 해서 그동안 그 선택을 위해 노력하고 투자한 시간이 아무 의미 없는 시간이 아니라는 건 어찌 보면 당연한 일일 것이다. 본인이 투자한 시간이 결국에 피가 되고 살이 될 것이다. 그러니 너무 빨리 정하는 것보다는 자신에게 맞는 전공을 충분한 시간을 갖고 찾길 바란다. 이제 좀 있으면 나이가 50인 '차준홍'이라는 친구는 오늘도 새로운 것에 도전하고 무언가를 찾고 있다. 새롭게 도전하는 그 일을 혹여나 중도에 포기하거나 실패하더라도 겁내지 않는다. 지금까지도 그런 삶을 살았고 우리의 도전이 잘못됐다거나 맞고 틀리는 문제가 아니라 내가 자유의지를 가지고 선택하고 또 실패하면 그 자체로 충분한 의미를 갖는 것이다.

금속 공예를 전공하고 미술학원에서 학생들을 20년 넘게 가르친 나도 이렇게 글을 쓰고 있는 것처럼.

차준홍 '숲속에서' 2018, 개인소장

## 잡고 있어야 안전한 실기

입시미술은 계속해서 변화한다는 이야기를 했다. 정말 그렇다. 아주 조금씩, 조금씩 변화하고 잘못된 부분은 수정되고, 부족한 부분들은 보완되면서 변화 했다. 이렇다 보니 어떤 것이 정답이다,라고 이야기 할 수 없고, 정답이 있다 한들 그게 내년에 혹은 내후년에는 없어지거나 바뀌게 되어서 무용지물이 될 수 있다. 이런 혼란스러운 상황 속에서 학생과 학부모들은 어떤 걸 위주로 준비를 해야 하는지를 알아보자.

우선 본인이 미술대학을 가고 싶고, 미술에 대한 소질과 감각은 있는지 없는지 알 수는 없지만 그래도 적성에는 맞는 것 같다고 판단이 들었다면, 그래서 미술학원에 다녀야겠다는 판단이 섰다면 이제 그림의 기본기를 다지는 것을 시작해 보자.

입시 미술의 실기 과목은 예전에는 천편일률적으로 변화 없이 쭉 비슷하게 이어졌다. 그런데 요즘은 대학마다, 학과마다 조금씩 달리 출제되는 경향을 보이고 있다. 대학을 정한 고3 입시생들이야 본인이 응시하고자 하는 대학의 실기를 죽어라 연습하면 그만이지만 이제 미술을 시작하는 학생들이 무엇을 먼저 시작해야 하는지 알 리가 없다. 요즘 미술학원은 워낙 시스템들이 잘 갖추어져 있어서 분기별로 혹은 학기별로 학생들의 진학 상담을 한다.

학생이 가지고 있는 내신 성적, 수능 모의고사 성적, 그림 수준 등을 고려해서 입시 컨설팅을 해 준다. 안 하는 학원은 입시 학원이라고 부르기 어렵다.

매 분기별로 입시 상담을 진행할 때 학생들의 희망 대학과 전공도 조금씩 바뀐다. 실기적인 것뿐만이 아니라 학과 관리까지도 신경을 써야 한다.

일반고 학생들을 기준으로 학년별로 단계를 나눠서 이야기해 보자. 고등학교 1학년 때에는 실기 40% 학과 성적을 60% 정도의 비중으로 준비하면 좋을 것 같다. 절대적인 기준이라고 생각하면 안 되지만 평균적으로 이 정도 비중이면 괜찮을 것 같다. 1학년 때는 학과 관리를 철저히 하면서 중간고사, 기말고사 합이 4번의 시험을 잘 준비해서 치러 본다. 4번의 시험을 통해서 어느 정도의 본인의 위치가 나오게 된다. 이 위치를 기반으로 학과 관리의 방향과 목표를 재설정해야 한다. 내신 성적이 잘 나오는 학생들은 2학년 때도 내신 관리를 하면서 실기 준비를 해야 하고, 내신이 그다지 좋지 않다고 하면 2학년 때부터는 실기 비중을 다른 학생들보다 조금 더 올려 실기 관리를 하는 게 좋을 것 같다. 1학년 때의 실기 관리는 학과 관리보다는 비중이 덜 하지만 기본기를 정확하게 다지고, 대학마다 조금씩 차이가 나는 실기 유형들을 경험해 보는 것이 중요하다. 1학년 때부터 특정 실기 과목만 정해서 하는 경우가 있는데 이건 바람직한 방법이 아니다. 1~2년이 지난 후에 학생이 어느 대학에, 어떤 실기로 결정해서 대학 시험을 볼지 모르는 상황에서 실기의 첫걸음을 떼는 시기에 실기 과목을 천편일률적으로 정해서 하는 것은 바람직하지 않다. 예외는 있다. 학과 성적이 아주 좋거나 아니면 학과 관리를 포기한 학생이거나인데, 학과 성적이 좋은 학생은 상위권 대학에서 치르는 유형으로만 준비하면 될 것이고, 학과 관리를 전혀 하지 않고 그림만 그리는 학생이라고 하면 가장 보편적이고 가장 많은 대학에서 치르는 실기 유형을 집중적으로 준비하면 된다. 둘 중 하나에 해당되지 않는 한은 폭넓게 배우는 게 좋다.

고2가 되면 학과 관리는 50%로 잡고 실기 관리도 50%의 비중으로 관리하는 것이 좋다. 고2, 1학기가 끝이 나면 본인에 내신 위치는 거의 정해진다고 봐야 한다. 수시에서 고3, 1학기 내신까지를 반영하게 되는데 벌써 3학기가 지나갔으니 남은 두 학기에 학과 성적이 크게 변하기가 힘들기 때문이다. 미술을 선택한 학생들은 점점 실기 비중이 높아져야 하는 시기이고, 문과나 이과를 선택한 학생들은 점점 공부하는 양이 많아지는 시기이기 때문에 학과 관리의 격차를 줄이기에는 한계가 있다. 특히 고2, 1학기가 지나면 수시 전형이 딱 1년이 남은 시점이기 때문에 전공 분리를 해야 하는 시기이기도 하다. 여기서 '전공 분리'란 학생이 가지고 있는 고2, 1학기까지의 학과 성적과 수능 모의고사 성적 그리고 실기 수준을 고려해서 대학과 대학 실기를 정해 보는 것이다. 이 학생이 가지고 있는 학과 성적이 어느 정도이고 수능 모의고사 수준이 이 정도니까 앞으로 어느 대학을 위주로 준비하는 것이 좋을 것 같다는 대략의 예측치를 내놓는 것이다. 여기에다가 고1 때부터 다양하게 경험해 본 실기 중에서 어느 쪽 실기가 학생한테 잘 맞을지도 판단을 해 보는 것이다. 이렇게 되면 수시 전형을 1년 앞둔 시점에서 학생이 더 시간 투자를 해야 하는 부분과 과감하게 버려야 하는 부분을 나눠서 정리할 수 있다. 한마디로 우리가 많이 들어 본 선택과 집중을 해야 하는 시기가 이 시기이다.

고3이 되면 학과 관리는 40%로 실기 관리는 60%의 비중으로 잡아서 준비하는 것이 바람직한데, 여기서 학생 개개인마다 차이가 생길 수 있다. 고2, 2학기에서부터 전공 분리는 되어 있어서 대략적인 본인의 실기 방향이나 성적의 위치는 정해진 상태이다. 여기에다가 수시 전형을 준비하는 학생들은 고3, 1학기에 실기력 향상을 최대한 끌어 올려야 하기 때문에 고3 때의 보편적인 실기 관리 60% 비중보다 높은 비중을 차지할 수 있다.

〈중학교 과정〉

- 미술 기본소양 다지기

〈고등학교 과정〉

- 고1 학과 관리 60%  실기 관리 40%
- 고2 학과 관리 50%  실기 관리 50%
- 고3 학과 관리 40%  실기 관리 60%

고3 때부터는 학생에 따라서 실기 관리와 학과 관리의 비중을 조절하는 데에 많은 차이가 생길 수 있다. 예를 들어 수시 전형에서 올인을 하는 학생은 실기 비중이 거의 100%에 가까워질 것이고, 정시 전형을 위주로 준비하는 학생들은 위와 동일한 비중으로 준비하게 된다. 수시 전형에 시험을 보긴 하긴 하지만 학과 성적이 들어가는 학생들은 학과 관리를 안 할 수 없으니 실기 관리가 100%가 될 수 없다. 수시 전형에서 내신 성적과 실기 성적을 다단계 전형으로 나눠서 선발하는 전형이

에드가 드가(Edgar Degas) '두 명의 발레리나' 1879, Shelburne Museum 소장

나 학과 비중이 다른 학교에 비해 현저히 높은 학교들도 여기에 해당한다. 배수에 차이는 학교마다 차이가 있지만, 다단계 전형이란 1단계에서 학생의 내신 성적으로 10배수나 20배수의 학생을 우선 선발하고 이 배수를 통과한 학생들이 다시 2단계에서 실기를 가지고 당락을 결정하는 방식을 이야기한다. 수시에서 학과 성적의 비중은 대학마다 차이가 있는데 보통 30~40%로 반영하고 나머지는 실기 성적을 반영해서 학생을 선발한다. 이런 전형 이외에도 다양한 전형이 혼재되어 있기 때문에 자신에게 맞는 전형을 찾는 게 중요하다. 이런 과정이 고2, 1학기가 끝나는 시점부터 준비해야 미리미리 준비를 할 수 있고, 고3이 시작되면서 학생이 목표로 하는 대학별로 바로 준비하면서 고3, 1학기를 보내야 수시 전형에 지원하는 데 문제가 생기지 않는다. 또 정시 전형을 준비하는 학생들도 큰 시행착오 없이 미대 입시를 준비할 수 있다.

이런 일련의 과정이 긴 것처럼 보이긴 하지만 막상 실기 관리와 학과 관리를 병행하면서 준비하다 보면 그리 여유 있지 않다. 오히려 저학년 때는 대부분의 학생들이 목표를 정확하게 설정하지 못한 채 어영부영하다가 고3이 돼서야 부랴부랴 다급하게 준비하는 경우가 많다. 충분한 시간을 가지고 자신에 목표를 향해서 한발 한발 나아갈 때 조금 더 정확한 답을 찾을 수 있다.

# 도망치기만 하는 성적

미술을 시작하기로 마음먹고 미술학원도 알아본 후에 이제 마지막으로 학과 관리를 어떻게 해야 하는지를 고민하게 된다. 미술대학으로 진학하려면 그림을 잘 그려야 유리한 건 맞다. 실기를 잘하면 대학마다 조금씩 다른 실기 유형에 적극적으로 도전할 수 있기 때문에 선택의 폭도 넓어지고, 합격의 당락을 결정하는 건 실기 성적이기 때문에 실패할 확률도 현저히 낮아진다. 그렇지만 대학을 정하는 건 학과 성적으로 결정하는 것이고, 정시에서는 대부분의 대학에서 수능의 비중이 30~40%를 차지하기 때문에 성적을 무시할 수는 없다. 그림도 잘 그리고 공부도 잘하면 금상첨화겠지만 어디 사람 일이 그렇게 뜻대로 되겠는가. 학과 관리까지 좋은 점수를 받을 수는 없더라도 철저한 계획을 세워서 자신이 목표한 성적에 근접한 위치까지 가도록 노력해 보자.

미술을 처음 시작한 학생들은 입시에 관련한 정보나 대학별 그림 유형, 그리고 대학에 진학했을 때 전공에 관한 정보들을 얻기 위해서 입시에 관련한 책을 보게 된다. 미술학원 자체적으로 수업 중에 이런 교육을 철저히 해 주는 편이긴 하나 혹시나 다른 뭔가가 있지 않을까 하는 학생, 학부모님들은 입시 관련 전문 서적을 찾게 된다. 미대 입시와 미술 전공에 관한 안내를 해 주는 책이 그리 많지 않고, 뭐부터 찾아봐야 할지 막막하기 때문에 미술학원에서 권유해 주는 미술 관련 잡지를 보거나 시중에서 가장 인지도 있는 책을 선택하게 된다. 내가 이 글을 쓰는 이유도 미대 입시를 준비하는 학생, 학부모님들에게 조금이나마 현실적인 도움과 안내자의 역할을 하고 싶은 마음에 쓰고 있는 것인데, 실질적인 도움이 얼마나 될지는 의문이다. 어느 정도 전통도 있고 인지도가 높은 잡지가 《아트앤디자인(art&design)》과 《미대입시(midaeipsi)》라는 미술 잡지인데 미대 입시를 준비하는 학생들이 제일 많이 구독하고 있고, 입시 철이 되면 두 잡지사에서 나오는 《미대입시요강》이라는 책을 학부모님들이 제일 많이 찾는다. 입시 요강을 비전문가들이 최대한 쉽게 알아볼 수 있게 정리된 책이라 학원계에 종사하는 사람들도 이 요강을 꼭 챙겨 본다. 어느 정도 규모가 되거나 시스템이 잘 되어 있는 미술학원들에서는 이런 책자를 자체 제작해서 학생들에게 무료로 배포한다. 학생들에게 그 방대한 양의 입시요강 내용을 일일이 설명할 수도 없고, 학생이나 학부모님들이 먼저 대학 입시 요강을 통해서 자신이 마음이 두고 있는 대략적인 대학의 선택과 고민의 시간을 주는 것이라 생각하면 좋을 것 같다.

　수시 전형과 정시 전형이 모두 끝이 나고 합격자 발표까지가 마무리되면 두 잡지사에서는 '합격자 인터뷰'라는 항목을 만들어서 전국에 있는 미술학원에서 실제로 합격한 학생들의 인터뷰를 받아서 기사로 실어 준다. 그 인터뷰에 항목은 옛날이나 지금이나 큰 변화가 없다. 첫 번째, 출신 미술학원. 두 번째, 지원한 대학과 합격한 대학. 세 번째, 수능 성적과 내신 성적. 네 번째, 실기 준비는 어떻게 했는지. 다섯 번째, 학과 성적 관리는 어떻게 했는지. 여섯 번째, 시험장에서 그림을 어떻게 그렸는지. 일곱 번째, 후배들에게 하고 싶은 말…. 이런 식의 질문에 합격생이 직접 답하는 형식의 인터뷰이다. 학생의 사진과 그림도 올라가는 거라 신경을 많이 쓰는 학생도 있다. 자신의 그림은 학원에서 보통 지정해 주지만 사진은 가장 잘 나온, 요즘 말로 포샵이(포토샵 프로그램이나 스마트폰 어플로 보정을 한 사진)들어간 사진을 올려서 인터뷰를 마무리한다. 그도 그럴 것이 대학에 합격해서 기분도 좋고, 어디 가서 자랑할 일도 많지 않은데 잡지에 본인의 얼굴과 입시에 관한 이야기가 나오니 인터뷰를 거부할 이유는 크게 없다. 인터뷰 항목 중에 '학과 성적(수능, 내신) 관리는 어떻게 했나요.'라는 질문에 대답은 거의 천편일률적이다. '학교에서만 공부하고 미술학원에서는 그림만 열심히 그렸어요.', '내신 관리는 못하고 수능 관리만 했어요.', '공부는 틈나는 시간을 최대한 활용하고 필요한 과목만 집중적으로 했어요.' 대부분의 학생들 대답이 거의 이런 식이다. 인터뷰 자체는 재미있고 내가 희망하는 대학을 이 정도 학과 성적으로 대학을 가는구나, 이 대학은 이런 그림들도 연습하는구나, 라는 걸 알 수는 있긴 하지만 인터뷰 내용이 너무 짧기도 하고 너무 형식적인 느낌이 드는 건 사실이다. 이렇다 보니 그림을 배우는 후배들에게 조금이라도 도움이 되고자 하는 인터뷰인데 너무 포괄적이고 뜬구름 잡는 느낌이라 실질적인 도움이 되지는 않는다.

미대 입시는 준비하는 학생들은 크게 세 부류로 나뉜다. 공부를 아주 잘하면서 그림을 배우는 학생, 공부가 중간이면서 그림을 배우는 학생, 마지막으로 공부에 취미는 없지만 그림을 배우는 학생이 있다.

첫 번째로 공부를 잘하는 학생들이야 크게 계획을 세우거나 특별한 전략이 필요가 없다. 자신의 성적이 떨어지지 않게 관리를 하면서 그림을 배우는 것이다. 이렇게 말하면 좋겠지만, 현실에서는 그렇지 않다. 일단 성적이 우수한 학생들은 예체능 학생들과의 경쟁이 아니라 문과나 이과 전체 학생들과의 경쟁이다. 예체능 학생들의 학교 내신은 대부분은 문과에 포함되어 있으니 문과 학생들과 경쟁하는 거라 그리 복잡하지는 않다. 수능 성적은 국어는 공통으로 포함되는 과목이니 수능 1등급은 정말 어렵고, 수학은 대부분의 학교에서 포함되지 않으니 일단 패스 한다. 다만 수학을 특별나게 잘하는 학생은 수학을 선택과목으로 넣을 수 있으니 공부해 보는 것도 나쁘지는 않다. 영어는 절대평가로 바뀌었고 학교마다 반영비율이 다르다. 영어가 반영과목에 포함되지 않는 학교도 있으니 조금만 하면 되지만, 그래도 전체적인 성적이 상위권인 학생들은 어렵지 않게 1등급을 유지한다. 결국 사탐(사회탐구영역)과 과탐(과학탐구영역)에서 상위권이냐 아니냐가 결정되는데 사탐, 과탐 과목은 대부분의 대학에서 2과목을 반영한다. 저학년 때부터 본인이 관심이 있거나 잘하는 과목을 선택해서 1년 혹은 2년 정도를 집중적으로 공부하기 때문에 만점을 받아야 1등급을 유지할 수 있고, 한 문제를 틀리면 2등급, 3~5문제를 틀리면 3등급으로 내려간다. 어느 하나 쉽고 만만한 과목이 없다. 여기에 미술을 배우는 학생들은 학년이 올라가면서 점점 실기의 양이 많아진다. 워낙 미술 하는 학생들 수도 많고 경쟁률이 다른 학과에 비하면 높기 때문에 웬만큼 그림을 그려서는 잘 그린다는 평가를 받기가 어렵다, 그러다 보니 실기 시간이 상대적으로 적게 되면 자연스럽게 실기 성적이 뒤처지게 되니 실기 시간을 쉽사리 줄일 수가 없어진다. 그런데 문과나 이과 학생들은 점점 공부하는 양이 많아지기 때문에 상대적으로 미술을 배우는 학생들의 성적은 점점 떨어지거나 현상 유지하기 힘들어진다. 공부를 많이 하자니, 실기 성적이 걱정이고, 안 하자니, 자신이 목표로 하는 상위권 대학을 가기가 어려워지는 진퇴양난의 문제가 발생하는 것이다.

공부를 잘하는 소위 수능평균 1, 2등급이 나오는 학생들은 긴 호흡으로 입시를 준비해야 한다. 수능이 좋은데 내신 성적까지 좋으면야 수시와 정시를 함께 공략해야겠지만 내신은 평균 3등급이 넘어가는데 수능이 1, 2등급이 나온다고 하면 수시보다는 정시를 공략하면서 실기도 꾸준히 하고 공부도 수능 때까지 관리하는 것이 좋다. 중간에 '누구는 어떻게 한다더라.', '친구는 수시를 몇 개를 본다더라.', 이런 말에 흔들리면 수능은 백 프로 본인의 목표만큼 나오지 않는다. 입시에서의 가장 큰 적敵중에 하나가 남의 말을 너무 많이 듣거나, 다른 사람의 상황을 자신과 일치시켜서 잘못된 판단을 하는 것이다. 한마디로 팔랑귀가 되어서는 안 된다는 이야기이다. 학생이나 학부모가 팔랑귀가 되어서 경험하지 않아도 되는 실패를 어쩔 수 없이 맛보는 경우도 많이 봐 왔고, 한 번으로 끝날 입시를 여러 번 치르는 혹독한 대가를 치르는 경우도 심심치 않게 지켜봤다. 주변에서 누가 뭐라고 하든, 난 수능 비중이 높은 정시에서 상위권 대학을 가겠다는 마음으로 조급하게 생각하지 말고 천천히 자신의 실기를 관리하고, 각 과목별로 취약한 부분이 없는지, 조금 더 시간 투자를 해야 하는 과목은 없는지를 확인하면서 학과 관리를 해야 한다. 그러면 본인이 받고 싶은 성적을 만들 수 있고 정시에서 목표로 하는 대학에 합격할 수 있다.

두 번째로 공부가 중간인 학생들이 있다. 이 학생들은 조금만 전략을 잘못 짜도 바로 실패의 구렁텅이로 빠져들 가능성이 크다. 이런 학생들이야말로 전략으로 성공할 수도 있고, 전략으로 실패할 수도 있다. 수능성적 3등급에서 4등급 중반을 유지하는 학생들은 상위권으로 올라가긴 위태위태하고, 성적이 조금만 내려가면 중하위권으로 밀리기 때문에 긴장을 늦추기 어렵다. 이 위치에 있는 학생들은 두 가지 선택지가 있다. 첫 번째는 수능 성적이 1, 2등급 나오는 상위권 학생들 그룹으로 올라가기 위해서 성적 관리에 조금 더 초점을 잡고 2보 전진을 위한 1보 후퇴의 전략을 짜는 것이다. 상위권 학생들이 취하는 긴 호흡으로 가는 방법을 취하면서 실기력에 자신이 있다면 실기 시간은 다른 학생들과 비슷한 수준을 유지하면서 학과 관리에 집중하는 방법이다. 그렇게 긴 호흡과 학과 관리에 조금 더 집중하다 보면 상위권 학생들의 수준까지의 성적을 올릴 수 있다. 여기에서 전제 조건은 '실기력이 좋다.'라는 조건이 있어야 한다. 실기력이 좋지 못한데 이 방법을 쓰면 성적이 올라도 실패할 확률이 높다. 성적을 올리겠다고 실기보다는 성적 관리를 위주로 시간을 보냈으니 실기력이 많이 부족해질 것이다. 아무리 공부를 잘해도 실기를 못 하면 대학에 갈 수 없다는 걸 잘 알고 있을 테니 이 방법은 주의를 기울여 선택하는 것이 좋다. 두 번째 방법은 수시와 정시를 함께 준비 하는 방법이다. 수시와 정시를 함께 준비한다는 의미는 실기 관리와 성적 관리를 균형 있게 하면서 수시 전형도 지원을 하면서 정시 전형 준비를 대비한다는 의미이다. 수시 전형은 경쟁률이 높다. 정시 경쟁률에 비하면 작게는 4배, 많게는 10배 이상의 경쟁률 차이를 보인다. 아주 높은 수시 경쟁률 속에서 합격하는 건 여간 힘든 일이 아니다. 2021학년도 서울, 수도권 중위권 대학의 경쟁률을 확인해 보면 어느 정도 감이 올 것이다.

〈경희대(국제) - 실기 우수자 전형 예술·디자인대학〉
산업디자인　　　　　15명 모집 715명 지원 47.67:1
시각디자인　　　　　13명 모집 671명 지원 51.62:1

| 환경조경디자인 | 8명 모집 310명 지원 38.75:1 |
| 의류디자인 | 7명 모집 270명 지원 38.57:1 |
| 디지털콘텐츠 | 15명 모집 669명 지원 44.60:1 |

〈서울여대 - 실기 우수자 전형〉

| 산업디자인과 | 16명 모집 876명 지원 54.75:1 |
| 시각디자인과 | 15명 모집 1,089명 지원 72.60:1 |
| 공예 전공 | 19명 모집 935명 지원 49.21:1 |

〈중앙대학교 - 실기·실적 전형〉

| 산업디자인 | 5명 모집 139명 지원 27:80:1 |
| 시각디자인 | 6명 모집 188명 지원 31.33:1 |
| 공예 | 4명 모집 104명 지원 26.00:1 |

학교별 전형 방법에 따라 차이는 있지만, 실기 비중이 높아지거나 모집인원이 많아지면 경쟁률은 더 올라가게 된다. 이런 높은 경쟁률은 한 번에 뚫고 대학에 합격하기가 쉬운 일이 아닌 만큼, 수시 쪽에 집중을 하기 보다는 본인 수준에 맞는 수시 대학을 2, 3개 선택해서 수시 전형도 시험을 보고 학과 관리도 병행하면서 정시 준비도 함께 했을 때 합격할 수 있는 확률을 높일 수 있고, 합격하지 못하더라도 정시의 실전 대비를 시험장에서 할 수 있는 좋은 경험을 쌓을 수 있다.

마지막으로 공부에 취미가 없는 학생들이다. 취미가 없다는 말이 좀 이상하긴 하지만 공부를 했는데도 성적이 잘 오르지 않으면 '못 한다'라는 표현보다는 '취미가 없다'로 순화해서 표현하는 게 좋은 것 같다. 모든 사람이 공부를 다 잘할 수는 없는 법. 우리는 그림에 취미가 있으니 그것만으로도 충분하다.

공부에 취미가 없다면 결국 성적 관리가 안 된다는 이야기이다. 해도 안 되는 성적 관리에 자신의 에너지를 쏟을 필요는 없다. 안 되는 건 과감히 버리고, 해서 되는 일을 찾는 게 순리이다. 수능을 기준으로 5등급 중반 이상인 학생들은 학과 관리에 더 많은 시간을 투자한다고 해서 성적이 오르기가 힘들고, 좀 느슨하게 해도 많이 떨어지지 않는다. 이 학생들은 성적을 끌어올리는 계획을 세우는 것보다는 실기 비중이 높은 대학들을 찾아보고, 그 대학에 맞는 실기 유형을 분석해서 맞춤형 실기력 향상을 모색하는 것이 좋다. 수시 전형과 정시 전형에서 내신 성적이나 수능 성적을 아예 반영하지 않는 학교들은 많지 않다. 수시 전형에서는 보통 내신이 20~30% 정도가 반영되고 있는데 이 정도 성적 비율은 실기 성적으로 얼마든지 극복 가능하다. 실기 준비를 하는 방법에서도 설명했듯이 워낙 실기에 대한 비중이 높기 때문에 내신이 1~2등급이 좋다고 해도 실기를 잘하지 못하면 아무런 의미가 없어진다. 수시 경쟁률이 왜 50:1, 70:1이 되겠는가, 성적이 낮아도 갈 수 있다는 믿음과 욕심들이 충돌하기 때문에 너도나도 지원해 보는 것이다. 여기서 믿을 수 있는 건 학생이 가지고 있는 성적이 아니라 실기 성적인 것이다. 또 정시 전형에서는 수능이 비율대로 정확하게 들어가게 된다. 그래서 수능 성적이 중요해지는데 서울, 수도권 지역에서도 실기 비중 70~80% 이상인 곳들이 있어서 이런 대학을 실기 성적으로 노려 보면 해 볼 만하다. 단, 이런 대학들은 정시 전형인데도 불구하고 경쟁률이 수시 경쟁률과 비슷하게 올라가고, 실력이 좋은 학생들이 많이 지원하기 때문에 당연히 실력이 좋다는 전제로 지원을 해야 합격

미술은 생활이다

을 노려볼 만하다.

희생 없이 얻어지는 것은 없다. 자신이 잘하는 것과 못하는 것을 잘 구별해서 선택과 집중을 하는 것이 중요하다. 안 되는 걸 붙잡고 있을 때 다른 손으로 잡을 수 있는 걸 놓칠 수 있다는 걸 명심하자.

# 스승의 그림자를
# 밟고 가라

'스승의 그림자도 밟지 말라'는 옛말이 있다. 스승이 너무나 고귀하고 존경할만한 인물이기 때문에 제자의 입장에서는 그 미미한 그림자 또한 귀하게 여겨야 한다. 뭐 이 정도의 이야기일 것이다. 그림을 배우는 스승과 제자, 조금 더 구체적으로 미대 입시를 준비하고 가르치는 학생과 선생님의 관계에서도 이런 말이 성립할까를 생각해 보면 일단 나의 대답은 '아니다'가 맞을 것 같다.

임권택(1936~) 감독의 영화 중에 오원 장승업(1843~1897)의 일대기를 그린 영화 〈취화선(醉畵仙)〉이 있다. 장승업은 조선 말기 최고의 화가로 주요 작품으로는 〈홍백매십정병(紅白梅十幀屛)〉, 〈군마도(群馬圖)〉, 〈청록산수도(靑綠山水圖)〉, 〈수상서금도(樹上棲禽圖)〉, 〈영모절지병풍(翎毛折枝屛風)〉 등으로 산수화에 능했다. '오원(吾園)'의 의미가 조선 최고의 화가 단원(檀園) 김홍도(1745~1806)와 혜원(蕙園) 신윤복(1758~?)처럼 '나도(吾), 원(園)'이라는 것이니 그가 조선 말기 화가로서 어느 정도의 위치에 있었는지를 가늠케 한다.

이 영화 중반에 장승업이 스승과 함께 하나의 종이에 화조화(花鳥畵.

84

꽃, 새, 풀을 주제로 그리는 그림)를 그리는 장면이 나온다. 그림을 부탁한 고위 공직의 양반, 일명 사또는 장승업의 그림 실력이 뛰어나다는 소문을 듣고 그 당시의 관례를 깨고 스승보다 먼저 장승업이 붓을 들었으면 좋겠다고 제안을 한다. 다른 제자들과 장승업까지도 있을 수 없는 일이라고 극구 사양을 하지만 양반의 제안대로 마지못해 장승업이 먼저 붓을 들게 된다. 장승업은 이왕 이렇게 된 거 화지의 가장 중심이 되는 곳에 액을 쫓고 희망을 상징하는 '닭'을 혼신의 힘을 다해 그리게 되고 그 다음에 스승이 그림 오른쪽 귀퉁이에 부귀영화를 뜻하는 '모란꽃'을 그리고 나머지 화가들이 그림 왼쪽에 천수를 누린다는 '복숭아'와 장원

장승업 '호취도' 조선말기, 호암미술관 소장

급제 의미를 지닌 '꽃게'를 그려 가관직작(加官晉爵. 높은 벼슬에 오르라는 의미의 그림)을 완성한다. 이 일이 있은 후, 같은 화원에 있던 화가들은 장승업을 투명인간 취급을 하고 '네가 사람의 탈을 쓰고 어찌 그럴 수 있냐며, 사양지심(辭讓之心)이 없는 인간은 금수만도 못하니 이 화원을 떠나라'고 이야기한다. 그리고 스승은 무림 고수가 싸움에서 패한 듯이

은둔 생활을 하는 장면이 나온다.

난 그 장면을 보고 어이가 없었다. 제자가 스승을 뛰어넘는 실력을 가졌다면 축하해 주고 더 큰 세계에서 활동할 수 있게 길을 터주지는 못할망정, 양반 앞에서는 말 한마디 못 하더니 그림을 그리고 나서야 도리에 어긋나는 큰 죄를 지은 사람 취급하면서 투명 인간으로 만들어 버리는 것은 나로서는 납득이 가지 않았다. 미술을 하는 사람이 대부분 속이 좁고 소심한 사람들이 많긴 하지만 저건 아니다 싶었다. 오해가 없길 바란다. '속이 좁고 소심하다'라는 건 백 프로 나의 개인적인 생각이다. 그 이유는 예민하고 소심해야 아주 정밀하고 남들이 미처 생각하지 못한 부분까지를 관찰하거나 표현할 수 있는 것이지, 만약에 자신의 성격이 대범하고 진취적인 성격이라면 여러 사람과 어울리고, 단체 활동이 어울리는 군인이나 경찰 혹은 공무원 쪽이 맞지 않겠냐는 생각에서 하는 얘기이다.

어쨌든 입시 미술도 마찬가지이다. 한 학원에서 한 선생님 밑에서 그림을 배워도 백이면 백, 모든 학생이 조금씩 다른 스타일을 갖기 마련이다. 한 그릇에 담겼지만, 그 안에서 자신의 색깔이 자연스럽게 표출되고 드러난다는 이야기이다. 그중에는 청출어람(靑出於藍), 즉 선생님보다 나은 학생들이 나오기 마련이다. 당연한 일이다. 선생님이라고 해서 신적인 존재처럼 누구도 넘볼 수 없는 실력과 능력을 가질 수 없는 것이다. 그럴 때면 대부분의 선생님들은 질투심이나 경쟁심보다는 왠지 모를 뿌듯함과 얼굴에 이름 모를 미소가 지어진다. 같은 미술인으로서 이런 학생과 마주하고 있는 것이 고맙고 내 제자가 이렇게 발전했다는 성취감에 기쁨을 감추지 못한다. 나와 그림 실력이 비슷한 혹은 나보다 나은 학생들을 봐도 전혀 기분 나쁘지 않은 이유는 여러 가지겠지만 그중에서 가장 큰 이유는 그림을 잘 그리는 학생이 나타났다고 해서 내 직업에 위협을 느끼는 일이 없다는 것이다. 미술학원에서 학생들을 가르치는 강사들은 거의 99.9% 본인이 직접 미대 입시를 경험해서 대학을 진학한 사람들이고 학생들을 가르친 경험이 꽤 오래된 사람들이다. 기본적인 실력을 검증받은 상태이고 거기에 자신의 경험과 노하우까지 더해지니 그림을 좀 잘 그린다는 사람이 나타났다고 해서 그걸 쉽게 넘볼 수 없다.

위에 내용을 기반으로 미술학원 강사는 크게 두 부류로 나눠진다고 볼 수 있다. 그게 뭔가 하니 '그림을 잘 그리는 강사'와 '대학을 잘 보내는 강사'로 나뉜다. 그림을 잘 그리는 강사는 직관적으로 알 수 있다. 위에 얘기처럼 대부분의 강사들이 본인의 노력과 경험을 통해서 기본 실력에 남다른 감각이나 끼가 더해져 강사들 중에 강사, 베스트 오브 베스트(best of best)인 강사들이 있기 마련이다. 그런데 문제는 강사가 그림을 잘 그린다고 해서 본인이 가르치는 학생들이 대학을 잘 가는 건 절대 아니다. 완전히 다른 문제이다. 내가 그림을 잘 그린다고 해서 내가 가르친 학생들이 다 그림을 잘 그리면 얼마나 좋겠냐마는, 내게 배운 학생들이 모두 그림을 잘 그릴 수 있는 가능성도 희박하거니와, 대학을 모두가 합격할 수 있다는 보장은 전혀 할 수가 없다. 그래서 그 베스트 오브 베스트 강사가 아니지만, 학생들을 대학에 잘 보내는 선생님들이 존재한다. 맞다. 학생들은 선생님을 닮게 되어 있다. 그래서 실력 있는 선생님 밑에서 배운 학생들이 그림 실력이 좋을 가능성은 높다. 하지만 그게 대학의 합격과 직결되는 것은 절대 아니다. 예전처럼 석고소묘와 평면구성처럼 획일화된 입시를 치르던 시절에는 그런 일이 조금은 가능했지만, 지금처럼 대학마다 유형이 다르고 교수님의 성향

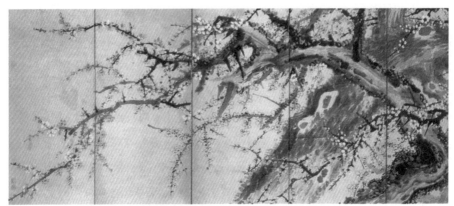

장승업 '홍백매도' 조선말기, 호암미술관 소장

에 따라서 좋은 그림을 뽑는 기준이 해마다 달라지는 이런 입시 시스템 속에서는, 그림을 잘 그리는 강사 밑에서 그림을 배우는 것보다는, 대학을 잘 보내는 강사 밑에서 그림을 배우는 게 훨씬 합격할 확률이 높은 게 사실이다. 이렇다 보니 예전처럼 유명 대학을 나온 강사한테 꼭 배울 필요성도 없어졌다. 오히려 학원에 시스템이 잘 구축되어 있고, 다양한 입시 유형과 많은 경험이 있는 강사 밑에서 배우는 게 더 현명한 방법이다. 미대 입시를 이제 막 시작하거나 그림에 대해서 잘 모르시는 부모님이나 학생들이 선생님의 그림 실력을 묻거나 파악하려고 드는 것은 정말 실례이기도 하지만 뭘 잘 모르는 행동이기도 하다. 그림 실력을 살피기보다는 내 자녀가 다니려고 하는 미술학원이 학생들을 관리하는 시스템이 잘 갖춰져 있는지, 한 지역에서 많은 경험과 노하우를 가지고 있는지, 선생님들이 다양하고 변화하는 입시에 대해서 연구하고 발전하려고 하는지를 봐야 좋은 학원과 선생님을 선택할 수 있는 조건이 갖춰지는 것이다. 이런 일련의 과정들이 유기적으로 돌아갈 때 제2, 제3의 장승업과 같은 제자는 계속 나오게 될 것이고, 그런 제자를 보고 토라진 모습이 아닌, 활짝 웃는 강사의 모습을 보는 일도 지극히 자연스러운 일이 될 것이다.

　나뿐만이 아니라 미술학원에서 일하는 모든 선생님은 우리 학생들이 자신을 밟고 지나가는 게 자신의 가장 큰 바람일 것이다. '제발 밟고 지나갔으면 좋겠다,' 라고 마음속으로 빌고 있다. 선생님들을 밟고 지나갈 정도의 수준이 되어야 대학에 합격할 수 있기 때문이기도 하거니와 이런 바람들이 조금이라고 이루어졌을 때 우리나라의 미술과 디자인의 수준이 높아질 것이고, 아울러서 미술인의 저변이 확대되고, 그 위상도 높아질 것이라 생각하고 있기 때문이다. 자, 오늘부터 다들 선생님들의 머리에 올라타고, 사뿐히 즈려밟고 가시라.

모든 게
내 몫이다

새 학기가 시작되고 봄으로 접어드는 시기였다. 학원에서 업무를 보던 중에 신입 상담이 왔다. 학생이나 학부모가 상담을 오게 되면 상담 카드와 차(茶) 한 잔을 상담실에 들여보내면, 잠깐 상담 카드를 작성할 시간을 주고 상담을 들어간다. 상담 카드에는 학생의 기본적인 인적 사항과 학교, 희망 대학과 전공, 주로 상담 받고 싶은 내용들을 체크하는 항목들이 있다. 한쪽에 어머님 같은 분이 앉아계시고 다른 쪽엔 평소와는 좀 다른 남학생이 앉아 있었다. 왜소한 체구에 피부는 까무잡잡하고 작은 안경을 썼다. 그런데 학생의 얼굴 한쪽이 화상을 입은 것처럼 광대뼈가 있는 곳에서부터 볼 있는 부분까지 피부가 흘러내려 있었다. 안면 장애가 있는 듯 보였고, 그 학생의 얼굴을 보고 다시 어머니의 얼굴을 마주 보니 어머니치고는 나이가 젊어 보여서 두 사람의 관계를 모자 관계라고 확신하기가 어려웠다. 자초지종을 들어 보니, 학생은 어렸을 때 안면 장애가 있어서 친부모에게 버려졌고, 고3이 된 지금까지 사회복지시설에서 생활했다. 고등학교까지는 시설에 있을 수 있지만, 성인이 되면 그 시설에서 나가야 하는 상황이다. 대학이라도 가서 제 살길이라도 찾았으면 하는 어머니가 아닌 시설관계자의 마음이 느껴졌다. 장애가 있지만 그래도 학생이 그림 그리는 걸 좋아하고 디자인 쪽에 관심이 있어서 디자인에 관련된 학과를 진학하려고 하는데 시설에서 나오는 돈으로는 미술학원에 보낼 수 없는 상황이니, 학원비를 많이 깎아 주면 미술학원에서 그림을 배워서 대학에 가 볼 수 있지 않을까, 하는 희망과 기대를 가지고 오신 거였다. 시설관계자는 염치 불고하고 학생을 위해서 학생의 손을 붙잡고 무작정 찾아오신 거고, 학생은 아무 능력이 없으니 학원의 처분만을 기다리고 있는 것이었다. 가슴이 먹먹했다. 장애가 있는 것도 안쓰러운데, 그것 때문에 부모에게 버림받고 배우고 싶은 게 있지만 돈이 없어서 죄를 지은 사람마냥 이렇게 미술학원에 찾아온 그 학생이 너무 안됐기도 하고, 그래도 웃음을 잃지 않는 모습이 대견하기도 했다. 시설관계자는 그래도 정부에서 지원금이 나와서 한 달에 10만 원은 낼 수 있다고 했다. 그때 당시 학원비는 80만 원 가까이 됐었다. 난 흔쾌히 승낙하고 열심히 가르쳐 보겠다는 다짐까지 하고 그 상담을 마무리했다.

그해에 미대 입시를 준비하는 고3 학생 중에 그 학생이 제일 많이 신경이 쓰였다. 실기를 늦게 시작했기 때문에 실기를 잘 따라갈 수 있을까, 하는 걱정이 가장 크긴 했지만, 그보다도 얼굴의 장애 때문에 다른 학생들이 멀리하지는 않을까, 원하는 만큼의 실력이 향상되지 않아서 대학을 못 가면 어떻게 하나, 고등학교를 졸업하고 나면 뒤를 봐줄 사람도 없고, 성인이 되면 시설에서도 나와서 강제 독립을 해야 한다는데 대학까지 떨어지면 어쩌나, 하는 걱정이 더 앞섰다. 하지만 내 걱정은 그리 오래가지 않았다. 이 학생은 자신의 모습이 어떻든 간에 항상 밝고 웃는 얼굴로 학원 로비로 들어섰고, 학생들과도 스스럼없이 그림 그리고 함께 식사를 하러 다니고 항상 즐거운 모습을 보이려고 노력했다. 아니 노력하지 않고 그런 모습들이 자연스럽게 풍겨 나왔다. 당연히 다른 친구들도 그 학생을 다른 친구들과 똑같이 대하고 큰 탈 없이 잘 지냈다. 선생님들도 이 학생의 성실하고 열정적인 모습을 보고 뭐라도 하나 더 해 주고 싶은 마음이 들었던 것 같다. 조금이라도 더 자세하게 설명해 주고 부족한 부분들을 그때그때 체크해 주면서 수업이 진행됐다.

그 학생을 담당하는 내 밑에 선생님에게도 자초지종을 이야기하고 꼭 대학에 갈 수 있게 신경을 많이 쓰라고 당부를 했다. 학원에 오며 가며 수업 중에 그 학생의 그림 수준을 체크해 주었다. 우리가 할 수 있는 일은 그 학생이 그림을 잘 그려서 대학에 합격할 수 있게 해 주는 일 말고는 딱히 다른 방법이 없었다. 또 그 학생을 보면 그래도 난 풍족하게 부모님의 사랑을 충분히 받으면서 그림을 배우고 순탄한 학창 시절을 보냈구나,라는 생각이 들었고 저렇게까지 어려운 환경에서도 그림을 배우고 싶어서 남들보다 열심히 학원에 나와서 그림을 그리는데 이보다 더 좋은 환경과 더 큰 가능성을 가진 학생들이 열심히 하지 않는 모습을 보면 참 씁쓸하기도 하고 화가 나기도 했다. 하지만 학원 선생님은 차별의 눈을 가지고 있으면 학생들을 가르칠 수 없다. 그리고 그런 눈으로 학생들을 바라보면 학생들은 단번에 눈치를 챈다. 그럼 그 학생이 더 힘들고 불편해 한다는 걸 잘 알고 있기 때문에 나와 담당 선생님은 다른 학생들과 똑같이 그 학생을 대하려고 노력하고 같은 기준으로 야단치고 격려를 해 줬다. 하지만 선생님들도 사람인지라 마음은 급해지기 마련이다. 다른 학생들이 그림을 배울 때, 잘 이해하지 못하거나 실수하는 행동들이 있으면 한마디하고 좋게 넘어갈 일을 그 학생이 똑같은 일을 하게 되면 더 많이 야단치고 혼을 냈다. 이 학생에게는 이번이 마지막 기회라는 생각을 하다 보니 더 냉정하고 모질게 대했던 것이다. 이렇게 하지 않으면, 잘못된 부분을 바로바로 고쳐주지 않으면, 나중에 더 큰 후회와 책임이 따를 거라는 걸, 너무나 잘 알고 있기 때문에 담당 선생님과 나는 차별 아닌 차별을 했던 것이다. 더군다나 시설에서의 열악한 환경과 장애로 인해 공부를 잘하지 못했기 때문에 실기 비중이 높은 대학을 지원해서 합격하는 방법 말고는 다른 뾰족한 수가 없었다. 당연히 믿을 수 있는 건 오직 실기 성적뿐이었고, 그걸 학생도 잘 알고 있었기 때문에 선생님들의 강도 높은 지도에도 불구하고, 선생님들의 실기지도를 묵묵히 잘 따라 주었다. 학생도, 선생님도 서로 말하지는 않았지만, 기회는 한 번뿐이라는 걸 알고 있었던 것 같다.

학과 성적은 좋지 못했지만 그림에는 소질이 있어서 전문대학에 수시로 진학했다. 4년제 대학에 합격했으면 더 좋았을 텐데. 하는 아쉬움이 남았지만 수시에서 입시를 마무리해야 했다. 정시에서도 기회가 있으니 수시에서는 4년제 대학만 지원하고, 정시에서 4년제 대학과 전문대까지 지원하면 좋았을 텐데, 건강 문제와 경제적인 이유로 수시에서 입시를 마무리했다. 유시민(작가)이 《표현의 기술》(2016)에서 이런 이야기를 했다.

> 여러분은 이 세상을 위해서 태어난 존재가 아니라 이 세상에 살러 온 존재입니다. 사람마다 가지고 태어난 특성과 환경은 다르지만, 모두가 최선을 다해서 의미 있고 행복한 인생을 살아야 합니다. 노력하고 분투하고 즐기면서, 각자 자기답게 살아가기를, 그런 삶을 누릴 기회가 여러분 모두에게 찾아들기를. 그리고 살아가면

서 하는 생각과 느끼는 감정을 글로 자유롭게 표현하
며 살아가기를 아버지의 마음으로 기원합니다.

　우리는 항상 남과 비교를 한다. '누구 집은 어떻게 산다더라.', '그 집
애들은 어디 대학을 갔는데 니들은 뭐가 부족하다고 이것밖에 못 하
냐.', '누구 남편은 연봉이 얼마고, 어느 정도 능력이 있다는데 당신은
이 정도밖에 못 하냐.' 이런 비교들을 습관적으로 한다. 나도 학생들을
가르치다 보면 무심코 '어떤 학생은 이런 상황에서도 대학을 갔다, 그
런데 왜 너희들은 이렇게밖에 못 하니', '그림이 왜 이 모양이니 저 친구
의 그림을 봐라.' 이런 말이 나도 모르게 순간적으로 나오게 되면 학생
들의 눈치를 보며 최대한 빨리 다른 말로 주의를 돌린다. 그만큼 비교
당한다는 건 누구에게나 기분 좋은 일이 아니며 해서도 안 되는 일이
다. 그 사람을, 그 사람 자체로 인정하거나 사랑하기보다는 남보다 나
은 것이 있을 때나, 나에게 어떤 이익을 가져다 줬을 때만, 인정하고 사
랑을 준다는 의미가 되기 때문이다.
　남이 하는 비교는 무시할 수도 있고, 그 비교의 대상을 극복하기 위
해서 노력할 수도 있기 때문에 백번 양보해서 자신에게 가해지는 자극
제라고 미화할 수 있다. 하지만 자신 스스로를 남과 비교하거나 내 처
지와 다른 상황을 비교해 가며 자신의 신세를 한탄하고, 자신 스스로
자존감을 떨어뜨리는 것은, 결국 자신 스스로 사랑하지 않거나 조건부
사랑을 하는 결과가 나온다. 이 세상 어느 누구보다 자기 자신을 사랑
해야 하고, 자신을 사랑할 수 있는 사람이 타인도 사랑할 수 있는 법이
다. 이 세상의 주인은 바로 자신이고 내게 주어진 환경도 나의 몫이다.
이 학생처럼 자신에게 처한 신체적인 장애나 환경이 너무 힘들고 빛이

보일 것 같지 않은 현실이라도 순간순간을 자신과 싸우고, 자신의 환경을 탓하기보다는 이겨 내려고 노력하는 자세가 우리에게 필요하다.

이 학생보다 더 힘든 삶을 사는 사람이 있을 수 있고, 이 학생의 환경을 전혀 이해하지 못할 정도로 풍족하게 생활하는 사람도 있을 것이다. 어떤 상황에서건 간에 나에게 주어진 몫을 잘 다듬고 요리해서 내 것으로 소화하는 지혜가 필요하다. 어느 누구나 삶에 기준이 높은 곳에만 있으면 자기 삶은 항상 불행하게 느껴질 것이고, 죽기 전까지 행복을 찾을 수 없다. 반대로 너무 낮은 곳에만 그 기준이 있으면 항상 제자리인 삶과 발전 없는 자신의 모습을 보게 될 것이다.

길은 가기 위해 있는 것이다. 그러나 방향을 두지
않고 가는 길은 떠도는 것일 뿐.

—법인—

갖고 있으면
위험한 것들

미대 입시를 준비하다 보면 여기저기에서 '이거 해라, 저거 해라.', '이런 방법을 써 봐라, 저 학원으로 옮겨 봐라.' 등, '이렇게 하면 합격할 수 있다.'라는 이야기를 많이 듣는다. 누구나 자신의 의견을 이야기할 수 있고 전문가들이나 경험자들의 좋은 충고와 경험에서 나오는 진솔한 이야기들은 들어서 나쁠 것은 없다. 하지만 경험이 많은 사람들이나 전문가들이 오히려 말을 아끼고 적게 하는 편이다. 나의 말이 잘못 전달되거나 와전되면 한 사람의 인생에 안 좋은 영향을 줄 수 있다는 걸, 너무나 잘 알고 있기 때문에 자신의 의견이나 주장을 조심스러워 하게 된다. 단지, 이런 것들이 있으니 잘 찾아보거나, 알아보고 현명한 판단을 했으면 좋겠다,라는 정도의 이야기로 끝을 맺게 된다. 모든 일에 선택과 결정은 본인의 몫이 아니겠는가. 오히려 미대 입시에 대해서 정확하게 알지 못하거나 지극히 개인적인 견해를 이야기는 하는 사람들이 문제인 것이다. 이렇게 주변에 많은 정보와 진심 어린 충고들 가운데 무엇을 해야 한다는 이야기는 많이 있는데 하지 말아야 할 것들을 이야기하는 경우는 많지 않다. 듣는 사람들도 '하지 마라'라는 뉘앙스의 얘기를 썩 듣기 좋아하지 않는다. 일단 부정적인 뉘앙스로 자신을 몰고 간다는 의미가 있기 때문일 것이고 대부분의 '하지 마라.'라는 이야기는 '나도 그 정도는 알고 있는데, 굳이 그런 것까지 이야기할 필요는 없어.'라고 다들 생각하는 것 같다. 입에 쓴 약이 몸에도 좋은 법인데 우리는 기분 나쁜 말은 듣기 싫어한다. 나조차도 상대방이 나의 문제점이나 잘 못 된 부분을 직접적으로 지적을 하면 그 말이 너무나 맞는 말이고, 돌아서 생각하면 고맙고, 깨달은 점들이 분명히 있음에도 불구하고 듣는 그 순간은 기분이 썩 좋지 않다.

레프 톨스토이(Lev Tolstoy, 1828.09.09~1910.11.20)가 《살아갈 날들을 위한 공부》에서 이런 말을 했다.

> 해서 안 되는 일들은 하지 말라. 그러다 보면 해야 할 일을 하고 있을 것이다. 욕망에 자신을 맡기고 즐거움을 추구하기 시작하면 욕망이 점점 커져 결국에는 우리 자신을 옭아매고 만다. 세상 사람들이 어떻게 사는지 보라. 시카고며 파리, 런던 같은 도시들에 있는 기차, 자동차, 비행기, 무기, 성곽, 사원, 박물관, 고층 빌딩을 보라. 그리고 자문해 보라. "모두가 더 잘 살려면 어떻게 해야 하는가?" 곧 해답이 나올 것이다. 필요 없는 일은 하지 말라. 지금 우리가 하는 일들이 대부분 그렇다.

누구나 알고 있는 '자신이 해야 하는 일'보다 '하지 말아야 하는 일들'을 피해 가다 보면 남보다 빨리 자신이 원하는 곳에 도착해 있을 것이다. 이번 장에서는 미대 입시를 준비하면서 하지 말아야 할 것들을 이야기해 보겠다.

## 첫째, 목표 없는 노력

　우리는 살면서 많은 목표를 세우면서 살아간다. '이번 학기에 나의 목표는 평균 A 학점을 받는 거야.', '올해 나의 목표는 술, 담배를 끊는 거야.', '3분기 우리 회사의 목표는 매출 120% 달성입니다.' 끊임없는 목표를 세우면서 이루기도 하고 실패하기도 한다. 실패하든 성공하든 다시 목표를 세워서 우리 삶을 이어 나간다. 실패한다고 해서 잘못된 건 아니다. 목표도 없이 하루하루는 보내는 것보다야 훨씬 발전적인 모습이고, 목표라도 세워서 이루려고 하는 마음 자세가 있으니 그것만으로도 충분하다는 생각이 들 수 있다.

　미대 입시를 준비하는 학생들도 목표가 필요하다. 목표(目標)란 '어떤 목적을 이루려고 지향하는 실제적 대상 또는 목적으로 삼아서 도달해야 할 곳'을 의미하고 있지만, 일반적으로 우리가 목표를 이야기할 때는 '어떤 목적을 이루기 위해서 행동을 취하는 것'을 함께 내포하고 있다. '행동을 취하는 것', 그렇다. 노트에 자신의 목표만 적어 놓고 어떠한 행동도 하지 않으면 그건 목표를 세웠다고 이야기할 수 없다. 미대 입시를 준비할 때도 마찬가지이다. 본인이 직접 본인에 목표를 세워 보는 것이 중요하다. 너무나 막연하게 난 SKY(서울대, 고려대, 연세대)에 들어갈 거야, 무조건 인 서울(In Seoul-서울 안에 있는 대학)에 있는 대학만

갈 거야. 이런 목표를 세우면 실패하기 십상이다. 자신에게 맞는 대학을 정확하게 선택하고, 그 대학에 합격하기 위해서 필요한 항목들을 체크해 보고, 그 목표에 도달하기 위해서 노력하는 것이 필요하다. 한 마디로 자신에게 맞는 옷을 입는 게 중요한 것이다. 본인의 위치는 중위권 대학을 간신히 갈 정도의 학과 성적과 실기 수준인데도 불구하고 상위권 대학을 목표로 잡아서 준비하다가 지쳐서 나가떨어지거나, 단순히 시험 보는 것에 의미를 두는 행위가 될 수 있다. 반대로 자신의 위치는 중 상위권 대학을 진학할 수준인데도 불구하고 중·하위권 대학을 목표로 잡아서 준비하는 경우도 있다. 이런 경우는 자신의 위치를 정확하게 파악하지 못한 채 남의 말만 듣고 다른 사람이 하는 대로 휩쓸려서 하는 경우도 있고, 자신감이 결여되거나 불필요한 걱정과 입시 실패에 너무 겁을 먹고 자신 스스로 하향(下向)해서 지원하는 경우도 많다.

목표를 너무 높게 잡은 사람들은 당연히 실패할 확률이 높아지고 대부분 불합격하게 된다. 불합격의 의미를 너무 과소평가하는 경우가 많은데 불합격은 학창 시절에 자신이 투자했던 모든 비용과 시간이 의미 없어지게 되고, 자신이 하고자 하는 전공을 너무나 허무하게 포기하게 되기도 한다. 더 심하게는 성인이 되자마자 쓰라린 실패의 경험을 맛보게 되고 실패자의 낙인이 찍히기도 한다. 실패의 경험이 나쁜 것만은 아니지만 최선의 전략을 짜고, 약간의 욕심을 덜어내고, 조금만 열심히 하면 그 실패를 맛보지 않아도 되기 때문에 현명한 선택을 하는 것이 중요하다. 반대로 자신의 능력보다 목표를 낮게 잡아 대학을 지원하는 학생들은 합격의 기쁨은 잠시지만 합격하는 순간 바로 후회하게 된다. 후회가 그 순간으로 끝나면 좋겠지만 대학에 들어가서도 뭔가 꺼림칙한 기분으로 학교를 다닐 수밖에 없고, 그동안 내가 그렇게까지 열심히 할 필요가 없었다는 자괴감이 들 수도 있다. 욕심을 내서 불합격한 학생들도 많이 봐왔지만, 반대로 학교 선택을 잘못하거나 자신의 수준에 비해서 낮게 지원해서 본인이 목표로 했던 대학이 아닌 다른 대학을 가서 후회하고 방황하는 모습을 더 많이 봤다. 그도 그럴 것이 불합격한 학생들이야 실패를 하긴 했지만, 여한이 남지 않을 것이다. '에이, 떨어졌어도 난 내가 도전해 보고 싶은 걸 했어, 후회는 없어' 이런 생각이 강하게 작용한다. 그래서 미련 없이 재수를 하든지, 아니면 다른 길을 찾게 되기도 한다. 하지만 그 반대인 학생들은 본인이 소신껏 지원해 보지도 못하고, 합격한 대학이 맘에 들지도 않으니 마음속에 후회만이 맴돌게 된다. 자신에게 맞지 않는 옷을 입고 어찌 평생을 살수 있겠는가.

입시는 전략이고 선택과 집중을 요하는 영역이다. 너무 안일한 생각과 경솔한 판단은 자신에 인생을 잘못된 쪽으로 좌지우지할 수 있다, 자신의 선택에 대한 책임 있는 행동과 그 선택에 맞는 집중과 과감한 투자가 필요한 것이다. 학생과 학부모는 입시에 경험이 전무 하거나 비전문가들이다. 본인의 판단이 맞는지 틀리는지를 전문가들의 컨설팅을 적극적으로 활용할 필요가 있고, 충분히 자기 스스로 고민을 한다음에 목표를 세우고 거기에 맞는 노력을 첨가하는 것이 실패를 줄이는 가장 좋은 방법이고, 대학에 합격할 수 있는 최단 거리의 지름길이다.

강신주(철학자)가 쓴 《삼십금(30금) 쌍담》(2016)에 이런 말이 있다.

> 숙제하는 사람들은 이렇게 묻는다. "몇 장을 제출해야
> 하나요. 언제까지 제출해야 하나요, 중간에 한번 봐 주

실 수 있나요, 제대로 하지 못할까 봐 두려워요." 미안하지만 그런 질문으로는 숙제를 제대로 할 수 없다. 숙제를 통해 무엇을 얻을 수 있는지 물어야 하고, 그것을 해내기 위해 어느 정도의 지식을 쌓고 조사해야 하는지를 고민해야 한다. 그리고 생각하는 수준에 머무르지 말고, 직접 움직여야 한다. 그런다면 곧이어 이제껏 해 온 숙제의 허술한 부분이 보일 것이다. 단편적인 목표 의식에 찌든 숙제엔 대부분 공백이 있다. 따라서 '이제 기한이 됐으니 숙제를 제출해야지.'라고 생각하면 안 되는 것이다. 그보다 더 높은 마감을 노려야 한다. 자발적으로 생각하고 보완하려는 의지를 지녀야 한다. 거기엔 반드시 목표를 넘어서는 통찰이 있고, 숙제를 더 좋은 방향으로 이끌어 줄 제안이 있다.…〈중략〉…모든 것을 숙제화 하는 당신은 영원한 학생이다. 제발, 부디…숙제 노트를 버려라. 기왕 숙제를 할 거라면, 상대가 두 번 다시 같은 숙제를 내주지 않도록 놀라운 리포트를 던져 줘라. 오늘도 기한을 들여다보며 하루하루 대충 수습하는 수많은 이들에게 묻는다. 매 순간 어딘가에서 새로운 숙제거리를 고민하는 '영원한 학생'은 아닌지 말이다.

    자신의 목표를 위해서 얼마나 많은 시간을 투자하고 육체의 고통을 참아 냈는지, 그 시간과 육체의 고통을 타의가 아니라 자의에 의한 선택이었는지에 따라서 우리의 목표는 힘들지만 즐거움이 되고, 실패하더라도 다음 목표를 기약하며 이겨 낼 수 있는 것이다. 또한 우리의 목표는 수단이 아니라 목적이 되어야 하는 것이다. 부모님이 원하는 목표나 타인이 세워준 목표는 본인에게는 수단으로 다가오기도 하고 끝까지 그 목표를 향해 달려갈 힘이 생기지 않는다. 자신이, 자신의 의지에 의해 세운 목표를 향해 나아갈 때 우리 삶에서 수없이 반복되는 그 목표가, 우리의 삶의 수단으로서 작용하지 않고 값진 목적으로서 작용하게 되는 것이다. 그렇게 되면 우리 삶 자체가 목적의 의미로 한 걸음 나아갈 것이다.

## 둘째, 불성실한 태도

파블로 피카소(Pablo Picasso, 1881. 10. 25~1973. 04. 08)는 살아있을 때부터 유명세와 부를 얻었고, 죽어서는 더 위대해진 몇 안 되는 천재 화가 중 한 명이다. 빈센트 반 고흐(Vincent Willem van Gogh, 1853. 03. 30~1890. 07. 29)와 같이 불우한 환경에서 태어나서 늦은 나이에 그림을 시작하고 그림을 그리는 10년 동안 가난에 허덕이다, 37살의 나이에 자살한 화가와는 아주 대조적인 삶의 길을 걸었다. 미술 교사 아버지 밑에서 태어나서 말을 시작할 때부터 그림을 그렸지만, 학교에 정규 과정에는 적응하지 못해 읽기와 쓰기가 어려웠고 학습 능력이 저조했다. 하지만 그림 그리는 능력은 뛰어나서 14세 때부터 미술학교에 입학해서 그림 공부를 시작했고, 19세에 파리로 넘어와 그 당시 인상파로 이름을 떨치던 모네(Monet), 르누아르(Renoir) 등을 접하고 고갱(Gauguin), 고흐(Gogh) 등에게도 영향을 받았다. 20세에 첫 전시를 열었고 그 후로부터 4~5년 만에 프랑스에서 인정받는 화가가 되었다. 이런 천재 화가도 우리나라 미대 입시를 통과해서 대학에 진학하기는 어렵다. 단정하기는 어렵지만 거의 불가능하다고 본다. 우리나라 미대 입시가 그 정도로 대단해서가 아니라 학생 선발에 있어서 그림을 보는 관점이 다르기 때문이다.

우리나라 입시의 특징은 짧은 시간 내에 많은 학생이, 같은 장소에 모여서, 한 번의 시험으로, 우수한 학생을 선발하는 방식이다. 이렇다 보니 소질과 감각이 뛰어난 학생을 선발하기보다는 학생이 지원한 학교 실기 유형에 맞추어서 얼마나 성실하게 트레이닝했는지가 중요하다. 소질과 감각이 뛰어나면 조금 유리할 수 있고, 학생이 예술적인 천재성이 있으면 대학에 들어가서 그 천재성이 빛을 발할 수는 있다. 그런데 그게 끝이다. 대학에 들어가기 위해서는 크게 중요한 덕목이 아니다. 오히려 피카소처럼 정규 교육을 이겨내지 못하는 경우가 생길 수 있다. 그도 그럴 것이 실기시험 시간은 보통 4시간이고 길면 5시간이다. 학생이 가지고 있는 트레이닝된, 기술을 다 보여 주기도 턱없이 부족한 시간이다. 하물며 학생의 재능과 미술적 감각 그리고 천재성을 어떻게 보여줄 수 있겠는가. 이런 현실에서 학생이 천재성을 발휘하려고 들면 미술학원에서 가르치는 선생님이나 학교 선생님은 그걸 눌러 버린다. 그 천재성이 입시에는 아무 도움이 되지 못하고 정규 과정을 이겨내기가 너무 힘들어지기 때문이다. 아주 좁은 공간에서 비슷한 유형에, 비슷한 그림을 그려야 대학에 갈 수 있는데 천재적인 학생이 비슷한 그림을 1년, 혹은 2년을 어떻게 참고 그릴 수 있겠는가.

여기에 또 하나의 특징이 미국이나 유럽의 대학들처럼 면접을 보거나 포트폴리오(portfolio) 심사를 하지 않는다. 실기 시험을 보더라도 학생이 학창 시절이나 어렸을 적부터 그려 왔던 그림들을 가지고 학생의 재능을 평가할 수도 있고, 면접을 통해서 학생이 어떤 생각과 목표를 가지고 미술대학에 지원했는지, 어떤 전공을 배우고 앞으로 어떤 직업을 찾거나 작업을 하고 싶은지를 질문하고, 그 질문에 학생은 자신이 지금까지 그림을 그리면서 정립했던 그림에 대한 생각과 가치관을 이야기하면서 자신의 미래에 대한 진지한 고민과 성찰을 보여줄 수 있어

고흐 드로잉 1　　　　　　고흐 드로잉 2　　　　　　고흐 드로잉 3

야 하는데, 수능 시험처럼 실기 시험도 단 한 번으로 모든 결과가 나오게 되기 때문에 학생도, 학교도, 소질, 감각, 창의성 등을 보여줄 수도 없고 볼 필요도 없는 것이다.

　그래서 위대한 천재 화가 피카소도 우리나라에서는 미대 입시를 통과하기 어렵다는 것이다. 아마 피카소는 이틀을 못 버티고 미술학원을 박차고 나가 자신이 죽기 전에 다하지 못한 새로운 도전을 시도할 것이다. 이런 이유 때문에 미대 입시 준비생들은 무엇보다도 성실성이 중요하게 작용한다. 본인이 그림을 잘 그린다고 해서, 감각이 다른 학생들에 비해 뛰어나다고 해서, 방심하거나 자만하면 실패할 수 있는 확률이 높아진다. 4시간 동안 한 장의 좋은 그림을 완성할 수 있으려면 소질과 감각보다는 연필로 다양한 사물의 스케치 연습과 붓으로 물감을 어떻게 채색하고, 물감에 물을 어느 정도 섞어야 조금 더 자연스럽게 붓이 종이 위에서 움직이는지를 확인하는 연습이 더 중요하다. 또 창의성이나 천재성보다는 본인이 가고자 하는 대학교에 출제 유형을 철저히 분석하고, 합격한 학생들의 재현작(再現作)이나 완성작 등을 자신의 그림과 비교해 보고, 거기서 자신의 그림과 실제 합격생들의 수준 차이를 최대한 줄여 가면서 수많은 연습을 해야 한다.

고흐 드로잉 4

여기에 한 가지를 더하면 수능 시험을 치를 때 한 문제당 몇 분을 사용해야 시간 내에 모든 문제를 풀 수 있는지를 계산해 보듯이, 그림을 그릴 때도 스케치는 몇 분 안에 뜨고, 기본 채색은 몇 분 안에 완성하고, 전체적인 마무리는 몇 분 정도로 하는지를 계산해서 그 시간에 맞추어서 계속된 연습을 해야 4시간이라는 짧은 시간에 좋은 그림을 그릴 수 있고, 적게는 10:1, 많게는 80:1의 경쟁률을 뚫고 대학에 합격할 수 있는 것이다. 성실함이 없다면 이런 끈질긴 노력을 할 수조차 없고 그림을 배우는 중간 중간에 그림을 포기하고 싶은 생각들이 계속 들 것이다. 성실함이 나보다 월등히 좋은 학과 성적을 가진 학생들을 실기 성적으로 따라잡을 수 있고, 짧은 실기 경력으로 실기 경력이 나보다 몇 배 긴 친구들과 재수생들을 단숨에 이길 수 있다. 강신주(철학자)가 《다상담3》(2013)에서 성실함이 왜 중요한지를 알 수 있는 이야기를 했다.

> 상대방을 알아볼 때 내면을 볼 필요는 없어요. 내면은 볼 수도 없잖아요. 심장, 십이지장, 간 같은 것만 있을 거예요. 어떤 사람의 영혼은 그의 행동에서 다 드러나거든요. 사람의 영혼은 행동이에요. 그 사람이 뭘 잡는지만을 보세요. 바보들만이 그 사람 손을 다 묶어 놓고 그 사람의 영혼을 읽으려고 한다고요. 내가 무거운 짐을 들 때 그 사람이 내 짐을 들어 주면, 그 사람은 날 사랑하는 사람인 거예요. 반면 내가 무거운 짐을 들고 있는데 '데이트하는데 왜 이렇게 무거운 걸 들고 왔냐.'고 하면, 이제 그 사람은 나를 사랑하지 않는 거죠. 이처럼 구체적인 욕망과 행동으로 드러나는 것이 바로 그 사람의 영혼인 거예요. 항상 우리의 치명적인 착각은 저 사람의 본래 마음은 그런 게 아닐 거라고 생각하는 데 있지요. 아니긴 뭐가 아니에요? 지혜로운 사람은 행동을 보고, 우매한 사람은 마음을 보려고 하지요.

미술학원에서 학생들을 가르치는 대부분의 선생님들도 어떤 학생이 대학에 갈 수 있을지, 없을지를 그 학생이 가지고 있는 소질이나 감각 혹은 학과 성적으로 판단하지 않는다. 그 학생이 미술학원에서 생활하는 동안 얼마나 성실하고, 열심히 그림을 배우려고 하는지를 우선 본다. 미술학원에서 지내는 시간이 워낙 많기 때문에 학생이 학원에서 어떻게 생활하는지를 보면 학교나 가정 그리고 다른 곳에서 어떻게 생활할지가 어느 정도 예상이 되기 때문이다. '하나를 보면 열을 안다'는 말이 그냥 옛날얘기만은 아닌 것이다. 그 다음에 학생이 가지고 있는 또 다른 소질이나 적성, 대학에 대한 욕심이나 학과 성적 등을 보고 미래를 점쳐보는 것이다.

마지막으로 우리의 미대 입시에 합격하기 어려운 피카소도 그 많은 위대한 작품을 남기기 위해서 수천 장의 드로잉 연습을 했고, 그 증거가 아직까지도 남아 있다는 걸 잊지 말자.

## 셋째, 팔랑, 팔랑, 팔랑귀

　미대 입시를 준비하는 학생이나 학부모님들이 하지 말아야 할 것 중에 또 한 가지는 다른 사람의 이야기를 자신의 이야기와 등치시키는 일이다. 미술을 시작하기 위해서 경험이 있는 지인들에게 미대 입시에 대한 주옥같은 경험담을 듣기도 하고, 미술학원에 방문해서 전문가에게 상담을 받으며 대략적인 정보들을 취합하고 정리해 나간다. 이렇게 해서 마음의 결정을 하고 미대 입시를 시작했으면 일단 시간을 충분히 두고 학과 관리와 실기 관리를 지켜봐야 하는데 계속되는 주변 이야기를 청취하면서 자신 스스로를 힘들게 하는 경우이다. 밥을 지을 때도 뜸을 들이는 시간이 필요한데, 밥이 잘 되고 있는지 자꾸 냄비 뚜껑을 열어 보면 그 밥은 설익기 마련이다.

　미술을 시작하기 전에 주변 지인에게 궁금한 점을 물어보고 경험담을 듣는 건 한두 번으로 족하다. 미대 입시를 경험한 사람들은 각자마다 처했던 상황이 다르고, 그 다른 상황으로 인해서 자신이 대처한 방법과 결과도 천지 차이가 난다. 자신에게 필요한 부분만 정확하게 듣고 끝나야 하는데, 대부분의 경험이 있는 지인들은 자신이 힘들었던 경험과 좋았던 순간의 경험이 강하게 남아 있기 때문에 그런 부분을 강조해서 이야기한다. 예를 들어 수시 전형에서 입시를 성공적으로 마무리한 부모님 입장에서는 그 치열한 경쟁률과 혹독한 실기 트레이닝의 결과로 그런 결과를 만들었다는 기억보다는 '수시 전형으로 가야 정시에 대한 불안감을 해소할 수 있고, 비용도 덜 들고, 입시가 일찍 끝나서 좋기 때문에 수시 전형으로 꼭 가야 한다'는 이야기가 주를 이룬다. 고생은 학생이 했는데, 뒤에서 지원해 준 부모님 입장에서만 이야기하니 학생 입장에서는 정확하게 피부로 와 닿지 않는 조언일 것이다. 반대로 수시 전형에서 실패하고 정시 전형으로 합격한 학생의 부모님은 '수시, 그거 경쟁률도 너무 높고 가능성이 희박하니 그냥 정시 전형으로 가는 게 좋다'는 이야기를 먼저 하게 될 가능성이 높다. 이런 이야기를 해 주는 지인은 자신의 한 번의 경험으로 모든 걸 일반화하는 오류를 범하게 되는 것이다. 그런데 선무당이 사람을 잡는다고 아직 전문적인 입시에 대한 지식이 없고 공부를 많이 한다고 해서 전문가가 되기도 힘든 부모님들은 이런 이야기들의 조각들을 모아 자신의 자녀에게 대입시켜서 '그럼 우리는 이렇게 하는 게 좋겠다.'라는 결론을 내리고 그 방향으로 가려고 한다. 이런 극단적인 방법은 차라리 나을 수 있다. 결론을 내리지 못하고 여기저기 귀동냥을 하고, 각종 커뮤니티와 온라인상에 떠돌아다니는 이야기를 듣고, 계속해서 입시에 대한 방향이나 그동안 정리해 놓았던 생각들을 바꾸는 것이 더 큰 문제이다. '수시는 힘들다던데 정시로 가야 하나요, 그래도 수시는 한번 보고 싶은데', '결국 실기는 나중이고 공부가 우선이라고 하는데 공부를 먼저 하는 게 맞지 않나요.', '이 대학은 나중에 취업이 잘 안된다던데, 대학을 바꾸는 게 좋지 않나요.', '미술학원은 동네에서 하는 것보다는 어디를 꼭 가서 해야 한다던데.' 이런 질문들은 대부분은 누군가에게 이 이야기를 듣고 본인이 정리해서 다시 다른 사람에게 물어보거나 상담을 할 때 다시 하는 경우가 많다. 본인의 입시에는 정말 도움이 되지 않는 이야기들이다. 심한 경우에는 주변 지인들이 학생이 학원에서 그린 그림 한두 장을 보고, 그림 스타일이 어쩌고저쩌고, 학원이 이러쿵저러쿵하면서 '어디 대학을 지원하는 게 좋겠다.'라든가, '다니고 있는 미술학원을 옮겨라'라는 충고까지 이르게 되는 경우도 있다. 경험이 있는 지인이든, 현직에 있는 전문가라고 하더라고 그 학생은 가장 잘 아는 건, 그 학생을 현재 가르치는 선생님이다. 학생이 가지고 있는 기본 성향과 성격뿐만이 아니라 그림을 어떻게 그리는지, 시험을 보면 어떤 순서로 그리는지, 그림을 그릴 때의 문제점이 무엇이고, 그 학생만이 가지고 있는 장. 단점이 무엇인지, 그림의 전반적인 수준이 어느 정도인지를 누구보다도 잘 알고 있다. 처음에 선택한 학원이 크게 문제가 있거나 선생님과의 심각한 문제가 있어서 어쩔 수 없이 학원을 옮기는 결정을 하지 않는 이상, 주변 지인의 말만 듣고 이런 결정을 하는 것은 누구도 책임질 수 없는 일을, 아무 대안 없이 하는 것이다.

학생들의 귀는 더 심하게 커진다. 학교에서 미술을 전공하는 친구들의 이야기를 듣고, 본인이 다니는 미술학원 친구들의 또 다른 이야기도 듣는다. 여기에 온라인상의 너무나 많은 에피소드와 경험담 그리고 경험자들의 어설픈 충고까지가 더해지면서 학생들이 취하는 정보가 기하급수적으로 늘어난다. 항아리에 물이 넘치듯 정보가 넘쳐나는 것이다. 이 넘치는 정보에 정확한 정보는 얼마나 될 것이며 자신에 상황에 맞고 꼭 필요한 정보가 얼마나 되겠는가. 이런 옥석을 학생이나 학부모가 가려낸다는 것은 여간 어려운 일이 아닐 것이다.

내가 가르친 학생 중에 홍익대 디자인과를 내신 성적과 미술 활동 보고서, 그리고 수능 최저 학력 기준을 통과해서 입학한 학생이 있다. 이 학생은 누가 봐도 성실하고 매사에 열심히 하는 학생이다. 그림 실력도 어느 정도 수준이 되는 학생이라 꼭 홍대가 아니라 미술 실기를 보는 학교에 지원했어도 대학에 합격했을 정도의 위치에 있던 학생이다. 이 학생이 자신이 졸업한 고등학교 후배들에게 경험담을 얘기해 준답시고 후배들을 모아 놓고 이야기를 하던 중에 미술 실기는 필요 없으니 내신 관리를 해서 내신으로 대학을 진학하는 게 좋다는 충고를 해 줬다는 이야기를 전해 들었을 때, 참 어이가 없고 사람이 똑똑한 것과 현명한 것은 다르다는 걸 새삼 느꼈다. 이 학생은 홍대를 학생부 종합 전형으로 통과한 학생이니 고등학교 1학년 때부터 학교생활은 기본적으로 열심히 했을 것이다. 내신 성적은 전 과목을 1등급에서 2등급 이내를 유지했을 것이고, 수능 최저 학력 기준도 통과했으니 수능 4개 영역 중에 3과목이 평균 3등급 이상이었을 것이다. 한 마디로 공부도 잘하고 미술 활동도 활발히 한 우수한 학생이다. 이런 학생은 한 학교에 한두 명에 그친다. 자신의 기준을 일반화시켜서 그렇지 못한 학생들에게 잘못된 정보와 미술을 하는 평범한 학생들이 가기 힘든 길을 당연히 가야 하는 것처럼 이야기하고 있는 것이다. 아직 어리고 세상 물정 모르는 선배가 후배들 앞에서 하는 치기稚氣로 생각할 수는 있겠지만, 이런 일들이 우리 주변에서 계속해서 일어나고 있다는 게 안타까울 따름이다. 누구나 공부도 잘하고, 미술 활동도 열심히 하고, 수능 성적도 잘 받아서 좋은 대학을 가길 바란다. 하지만 어디에나 1등이 있으면 10등도 있고 꼴등도 있는 법이다. 1, 2등의 기준으로 모든 사람을 판단하거나 같은 기준으로 대학을 정한다고 하면 혼란은 가중될 것이고 그에 대한 피해는 고스란히 학생과 학부모들에게 돌아갈 것이다.

《초역 니체의 말》(2010)을 보면 프리드리히 니체(Friedrich Wilhelm

Nietzsche, 시인이자 철학자)는 이런 글을 남겼다.

> 주변이나 세상에서 일어나는 수많은 일마다 고개를 들
> 이밀면 결국에는 공허해질 뿐이다. 역으로, 자신의 공허
> 함을 어떻게든 채우기 위해 닥치는 대로 수많은 일에
> 간섭하는 사람도 있다. 호기심은 자신의 능력을 꽃피우
> 는 데 중요한 역할을 하지만, 우리의 인생은 세상의 모
> 든 일들을 보고 들을 수 있을 만큼 오래도록 이어지지
> 않는다. 젊은 시절, 자신이 관계할 방향을 착실히 파악
> 하고 그것에 전념하면 훨씬 현명하고 충실한 자신의 인
> 생을 살아갈 수 있다.

입시는 결국 내가 하는 것이다. 많은 학생들이 내가 하는 입시인지
아니면 다른 사람이 하는 입시인지도 인지하지 못한 채 미대 입시에 대
한 꿈을 꾼다. 공부도 내 스스로 해야 하고, 그림도 내가 직접 그려야
한다. 모든 노력과 고생을 내가 직접 해야 비로소 본인이 원하는 결과
를 얻을 수 있다는 얘기이다. 미술을 처음 시작할 때, 미대 입시에 관한
정보들을 정확하게 알아보고 시작을 했다면, 이제 자신의 목표에 맞는
꾸준한 시간 투자와 노력이 필요한 것이지 주변 사람들의 경험담과 충
고는 크게 필요하지 않다. 내가 목표로 하는 대학이 어디인지, 내가 원
했던 전공이 뭔지, 내가 원하는 대학과 전공을 위해서 지금 당장 내가
해야 하는 것은 무엇인지를 정확하게 파악하고 묵묵히 준비에 나갈 때
나의 꿈이 이루어질 수 있는 것이다. 내 생각에 귀를 기울여 내 꿈을 이
루려고 해야지, 다른 사람의 꿈을 흉내 내거나, 나의 꿈이 무엇인지도

모른 채 시간을 허비하지 않았으면 좋겠다.

조르주 라 투르(Georges de la tour) '사기꾼' 1647, 파리 루브르박물관 소장

스펙 말고,
나를 사랑하자

이성호라는 젊은 작가가 있다. 작가라고 부르기에는 수식어가 짧기는 하지만 내가 생각하는 작가들은 한 번에 여러 가지 일을 하는 팔방미인의 의미가 있기 때문에 작가라고 해도 충분할 것 같다. 자신이 표현하고자 하는 것을 캔버스에 물감으로 보여 주기도 하고, 사진으로 담아내거나 태블릿(Tablet Computer)에 그림으로도 표현한다. 다양한 방법과 콘텐츠로 자신의 메시지를 표현하는 작가이다. 개인전과 그룹전을 여러 차례 가졌고, 아직 인지도 높은 작가는 아니지만 꾸준한 작업을 통해 자기 안에 있는 무언가를 표출하려고 시도하고 도전하는 작가이다. 그의 작품들을 보다 보면 사람이 처한 고독과 번민이 느껴지는 작품들이 주를 이룬다. 젊은 날의 기억들은 한참 나중에서야 아름답고 미소 지어지는 추억이겠지만 그 시절에는 얼마나 아프고, 힘든 순간들의 연속이 아니겠는가. 그가 표현하고자 하는 대상과 작품의 주를 이루는 색감들이 그런 분위기를 더 깊고 자연스럽게 자아내는 게 아닌가 싶다.

이성호 작가는 이제 30대 초반에 접어들었다. 국민대 시각디자인과

이성호 'The First' 2017, 디지털작업

를 졸업했고 학생 때부터 개인 작업과 다양한 그룹 활동들을 해왔다. 미술학원에서 오랜 기간 학생들을 가르치는 일도 겸업했다. 워낙 감각이 좋고 매사에 업무처리가 정확하면서도 빠르고 품성이 좋은 사람이라 내 욕심 같아서는 다른 활동보다는 미술학원 쪽에서 같은 일을 했으면 했지만 내 밑에 두고 같은 일을 하기에는 그 그릇이 너무 커서 그럴 수가 없었다. 지금은 한류의 주역인 BTS(방탄소년단)의 기획사로 잘 알려진 '(주)빅히트아이피'라는 회사에서 브랜드 캐릭터 디자인과, 일러스트레이션을 담당하고 있다. 연예인 기획사에 왜 그림 그리는 사람이 필요한가, 의아해하는 사람들도 있겠지만 디자인의 영역은 무궁무진하고 사회 곳곳에 디자이너가 필요하지 않은 영역은 없다. 개인 작업도 하면서 본인의 작업 분야의 일을 병행할 수 있는 회사에서 일러스트 업무를 하고 있는 것이다. 한 마디로 전천후 디자이너인데 회사에서는 주로 (회사의 방침상 어떤 업무라고 밝히기는 어렵다고 하니. 소속사에 속해 있는 연예인에 관련한 작업을 한다고 상상했으면 좋겠다.) 그림을 그리는 일을 하고 있다. 이성호 작가는 재수를 해서 미술대학에 들어갔는데 고등학교 시절에는 크게 튀는 행동을 하지 않는, 완전히 모범생의 모습을 하고 있다가 대학생이 되면서부터 본인의 색깔을 조금씩 찾아가는 것 같았다. 외모나 풍기는 이미지도 대학교에서 현재의 모습과 거의 비슷해졌고. 해군을 제대한 후로는 정말 듬직한 남자의 모습으로 탈바꿈한 것 같다.

이성호 작가가 18살 때인 고등학교 2학년 때, 내가 있는 미술학원에서 그를 처음 만났다. 첫인상은 정말 착하고 순한 아기곰 같은 느낌의 학생이었다. 185가 넘는 키에, 약간의 살집이 있는 고2 남학생이 너무 여리고 수줍음이 많아서 목소리도 잘 들리지 않을 정도로 나에게 찾아

이성호 'In the Water' 2017, 디지털작업

와 질문을 하고 그림에 집중하던 모습이 아직도 기억에 생생하다. 워낙 성실하고 그림 그리는 것을 좋아했던 학생이라 학생 때는 그리 눈에 띄지 않았다. 그러다가 고3 입시생이 되면서부터 자기표현도 조금씩 강해지고 그림 실력도 많이 좋아지게 되었다. 홀어머니 밑에서 외아들로 아주 건장하고 바르게 자란 것도 아주 기특한 부분이다. 고3 때는 아쉽게 낙방했지만 재수를 하면서 수능 성적도 많이 올렸고 그림 실력은 학원에서 우리가 흔히 얘기하는 '에이스'라 불릴 정도로 좋아졌다. 시간이 지나고 가끔 학창 시절의 얘기가 나올 때면, 본인도 그 시절에 학업성적과 실기력이 어떻게 그렇게 상승할 수 있는지, 놀랐다고 이야기하곤 했다. 항상 다른 학생들보다 먼저 학원에 와서 그림을 그려보고 자신이 해야 할 공부를 촘촘히 시간 계획을 세워서 하나하나씩 해결해 나가는 학생이었다. 본인이 한번 실패한 경험을 밑거름 삼아서 조금도 방심하는 기색 없이 매사에 신중하고 열정적인 자세를 보였던 것 같다. 이런 노력과 열정으로 디자인 쪽에서는 명문대학을 졸업했고 유망한 기업의 디자이너 일과 자신의 작업을 병행하면서 자신의 꿈을 향해 쉼 없이 달려가고 있다.

누구나 인정하는 부분이겠지만 이런 일은 운으로는 만들어 낼 수 없다. 본인의 피나는 노력과 그림에 대한 열정이 그렇게 만들어 준 거란 생각이 든다. 학생들을 가르치다 보면 본인이 하고 싶은 일이 미술 쪽에 일이고, 나름대로 감각도 있는 것 같은데 그만큼의 노력을 덜 하거나, 아니면 너무 이쪽 일을 쉽게 보는 학생들이 있다. 그게 다 미디어의 병폐이다. 방송이나 미디어에서 대학을 중퇴하거나 나오지 않았는데 이쪽 일에 성공한 사람들이 나와서 화려한 본인의 생활과 희망찬 비전들을 제시하는 모습을 본 어린 학생들은 나도 저렇게 하면 성공할 수 있을 거라고 착각을 하게 된다. 한마디로 스타 디자이너, 스타 웹툰 작가, 스타 연예인들이다. 그 유명 디자이너나 작가들이 그 자리까지 올라가기 위해서 얼마나 많은 실패와 고생을 했는지에 대해서도 아름답게 미화시킨 모습만 보다 보니, 어린 학생들 입장에서는 '나도 가능하다'라는 꿈과 착각을 하는 것이다. 꿈을 갖는 건 좋은 일이다. 문제는 그 꿈을 너무 가볍게 여기고 쉽게 생각한다는 것이다.

사람은 자신이 사랑하는 사람이나 일을 절대로 쉽게 대하거나 가볍게 생각하지 않는다. 내가 사랑하는 사람을 내 부모, 형제 그리고 자신보다도 더 소중하게 생각하고 더 좋은 관계로 발전할 수 있도록 모든 면에서 최선을 다한다. 한 마디로 사랑하는 사람에게 잘 보이기 위해서 안 하던 샤워도 하고 향수도 뿌리고 지갑을 채우고 데이트에 나선다. 데이트에서도 좋은 모습만을 보여 주기 위해서 신중한 말과 행동을 선별해서 한다. 이런 경험을 해 보지 않은 사람이라면, 지금 당신 옆에 있는 사람을 정말 사랑해서 만나는 것인지, 아니면 나와 함께 살고 있는 이 사람을 진심으로 사랑하는 걸까. 라는 의심을 해 볼 여지가 충분히 있다. 우리의 일도 마찬가지이다. 자기가 하고자 하는 일, 소중하고 중요하다고 생각하는 일을 하기 위해서 많은 시간과 노력을 투자한다. 더 잘하기 위해서 안 보던 책도 찾아보게 되고 안 새던 밤을 새워가며 그 일에 몰두하게 된다. 그런 노력과 열정을 통해서 얻은 지식은 절대 잊지 않게 되고 이런 일련의 과정을 통해서 전문가의 반열에 오르게 되는 것이다. 게임을 좋아하는 사람들이 PC방에 앉아서 자신의 게임 레벨을 올리기 위해서 며칠 밤을 새우며, 클릭의 테크닉과 여러 끼니를 컵라면으로 때우며 초인적인 집중력을 발휘하는 모습을 상상하면 더 이해가 빠를 것 같다. 그렇기 때문에 대부분에 학생들이 고등학교 교육으로는 부족한 부분을 대학에 가서 전문적으로 배우려고 그렇게 기를 쓰고 대학에 진학하려고 하는 것이다. 아무리 요즘 대학이 상아탑의 의미가 퇴색됐고, 학벌을 따기 위해서 거쳐 가는, 취업을 좋은 회사로 들어가기 위해서 가는 곳으로, 자신의 스펙의 일부분으로 변질됐다 하더라도 대학에서 배울 수 있는 것을 다른 곳에서 배우기는 정말 어렵다. 배우려고 들면 더 많은 비용과 시간이 필요하게 된다.

이성호 작가는 그림 작업을 하거나 사회생활을 할 때 가장 필요 없다고 생각을 한 것이 대학 때의 학점이라고 이야기한다. 회사의 업무 과정에서 직장 동료와 협업하게 되는 과정이 필수적이기 때문에 이 과정에서 필요한 것은 자신이 포지셔닝 되는 부분에서의 전문성과, 협업 과정에서의 커뮤니케이션 능력이지 대학에서 필사적으로 스펙을 위해서 따놓은 학점이 아니라는 것이다. 대학 수업에서 열심히 따놓은 학점보다는 대학을 다니면서 배우게 되는 전공 이외의 지식과 다양한 사람들과 만남 그리고 대학이 제공하는 고민할 수 있는 공간과 자유로운 시간이 더 중요한 것이다. 그렇다고 해서 이성호 작가 학점이 낮거나 좋지 않아서 이런 이야기를 쉽게 하는 것은 결코 아니다. 대학 생활 동안 1년에, 한 번 이상은 성적 장학금을 받고 다닐 정도로 학점 관리도 열심히 했던 사람이라는 걸 밝혀 둔다.

어떤 일이나, 어떤 경험에 대해서 직접 겪어 본 사람이 하는 이야기와 겪어 보지 않고 자신의 직감이나 다른 사람에게 들은 이야기로만 판단하는 것은 천지 차이일 것이다. 자신 스스로 최선을 다해서 이루어 보고 혹은 실패 하더라도 그걸 반면교사(反面敎師)해서 조금 더 성장할 수 있는 자신을 만드는 과정을 겪어봐야 성공도 자신께 되는 것이고 실패도 성공의 밑거름이 될 수 있다. 한마디로 스펙을 쌓기 위해서 자신

이성호 'To Sea' 2018, 디지털작업

을 혹사시키지 말고 자신 스스로의 발전을 위해서 성공과 실패를 함께
경험하라는 이야기이다.

　대학에서 디자인을 전공하던 때, 나는 '미술사'에 관심이 많았다. 대
학만큼 미술사에 관련된 지식이나 정보를 방대하게 교육받고 접할 수

있는 곳은 없다. 그 당시 미술사 수업에서 담당 교수님이 직접 사진 촬영한 서양미술사나 동양미술사에 관련한 그림이나 작품에 관한 주옥 같은 설명들을 아직도 기억하고 있다. 지금까지도 미술사에 관심을 가지고 공부하는 이유도 대학에서 현장감 있게 전문가들에게 배웠던 그때의 기억 때문이기도 하다. 이런 교육은 대학 말고는 세상 어디서도 들을 수가 없다. 그런데 요즘 학생 중에 몇몇은 그런 교육이나 자기 투자를 너무 쉽게 생각하고 방송이나 미디어에서 접하는 아주 화려하고 섹시한 문구만을 자신에게 따와서 '나에겐 대학교육이 필요 없다.', '난, 나 혼자서도 얼마든지 성공할 수 있다.' 이런 잘못된 생각을 갖는 경우가 많다. 자신이 하고 싶고, 아끼는 일이라면 그 일에 필요한 기본적인 시간 투자와 노력을 아끼지 말아야 한다. 자신을 사랑한다면 자신이 하고자 하는 일도 사랑할 준비를 마쳐야 하는 것이다.

　마지막으로 미디어에 나오는 스타 문화인들도 책임 의식을 가지고 자신의 이야기를 해 줬으면 좋겠다. 본인의 이야기를 단순히 재미로 보는 시청자도 있지만, 그 이야기를 곡해해 본인의 인생을 잘못된 길로 끌고 가는 어린 학생들도 많다는 걸 왜 인지하지 못할까.

# 미안함, 부끄러움
## 그리고 슬픔

보통 미대 입시는 수능 이후가 피크 타임이라고 볼 수 있다. 수능이 끝난 후에 정시 실기 시험을 치르기까지 2달 반 정도의 시간이 남는다. 그 시간이 되면 대한민국의 모든 미대 입시 준비생들은 미술학원에서 아침부터 저녁까지 그림을 그린다. 그림을 그린다기보다는 그림을 생산해 내고, 본인이 가고자 하는 대학 유형에 맞추어서 죽기 살기로 노력한다. 입시 준비가 한창이었던 추운 겨울이었다. 아주 여리고 낯가림이 있어 보이는 여학생과 어머니가 학원에 방문했다. 재수생이었는데 다른 학원에 다니고 있다가 뭐가 잘 안 맞았는지 학원을 옮겨 볼 심산으로 상담을 온 것이다. 재수생이기도 하고 실력이 어느 정도인지 모르기 때문에 괜한 자신감을 보이거나, 너무 쉽게 학생을 학원에 등록시켜 가르치면 문제의 소지가 있어서 충분한 대화해 보려고 이것저것을 물어보다 보니 당연히 상담은 길어지고 학생과 어머님도 긴장이 풀리면서 조금씩 마음을 여는 것 같았다. 그러던 중 핸드폰에 저장되어 있는 학생의 그림을 보게 되었는데, 심각한 수준이었다. 재수생인데도 그 정도 수준이라는 건, 전에 다니던 학원에 책임도 어느 정도 있겠지만, 오히려 학생이 열심히 하지 않았기 때문에 그 지경까지 된 것이 분명하다. 그래서 난 단호히 이야기할 수밖에 없었다. 이 실기로는 올해는 힘들 것 같다. 안타깝지만 삼수를 할 생각이 아니라고 하면 대학 지원의 의미가 없을 것 같다. 라고 이야기했다. 이 얘길 듣는 학생이나 학부모 입장에서는 큰 충격을 받겠지만 그게 사실이었다. 처음 본 학생과 부모님에게 허황된 희망을 심어 준다거나 거짓말을 해서 장밋빛 꿈을 꾸게 할 수는 없다. 희망을 준다고 해도 나중엔 더 큰 충격을 받게 불 보듯 뻔한 일이다. 학생은 그동안 본인이 열심히 하지 않았다는 자책과 옆에 함께 앉아 있는 어머니의 눈치를 보고 있었고, 어머님은 당신 자식의 나태함에 화가 나고, 잘 살피지 못한 부모로서의 미안함이 눈빛으로 함께 느껴졌다. 일단 알았다고 하고 두 사람은 학원 문을 나섰다. 나도 씁쓸하긴 했지만 잘한 일이라 생각하고 다시 수업으로 돌아갔다.

다음 날 아침, 어제 상담을 왔던 어머님에게 전화가 왔다. 어제 솔직히 얘기해 주셔서 감사하고 올해는 떨어져도 좋으니 여기서 입시를 하고 싶다는 전화였다. 난 일단 알았으니 미술 재료를 챙겨오라고 하고 학원에 오면 정확한 실기력이 어느 정도 인지를 파악 후에 다시 대학 진학 상담을 하자고 한 후에 전화를 끊었다. 이 학생을 'S1'이라고 부르자. S1 학생의 실력은 입시생 수준이 아닐 정도로 그림이 망가져 있었다. 고3 때 입시에서 실패하고 재수를 한답시고 미술학원만 왔다 갔다 하고 그림에 집중을 못 한 채로 1년을 보내다 보니, 그림 실력이 고3 수준보다도 못하게 된 것이다. 예상대로 S1 학생은 그해 입시에서 쓰디쓴 2번째 고배를 마시고 삼수를 시작했다. 삼수를 하면서 정신이 번쩍 들었을 것이다. 하지만 왠지 모르게 학생을 처음 봤을 때 느꼈던 여리고 스산한 느낌은 가시질 않았다. 이제 또 떨어질 수는 없다는 생각과 처음에 내가 했던 말에 책임을 지기 위해서 많은 노력과 채찍질이 필요했고 우여곡절 끝에 중앙대 디자인과에 합격했다. 다른 어떤 학생의 합격 소식보다도 기뻤고 S1 학생과 어머님도 기뻐했다. 학생이 대학에 합격하고 학원을 떠난 후에 이번에는 그 학생의 여동생이 미술을 하겠다고 학원에 찾아왔다. 부모님의 생각에 언니가 이 학원에 다니면서 정신 차리고 합격을 했으니, 동생도 좋은 결과가 있을 거라는 기대심리가 작동했던 것 같다. 이 학생은 S2라 부르자. 이 학생은 언니보다는 조금 앙칼진 느낌이 있었고 조금 더 야무진 느낌의 학생이었다. 언니가 그렇게 공부를 못하는 편은 아니었지만, 언니보다도 공부는 잘했고 언니보다 그림적인 소질은 약했지만 아주 성실하고 집중력이 좋은 학생이었다. S2 학생이 정시 대학을 정하기 얼마 남지 않아서 어머님에게 전화가 왔다. 요즘 본인이 건강이 좋지 않아서 동생을 보내 놓고 신경을 많이 못 썼다. 찾아뵙고 상담을 드려야 하는데 이렇게 전화를 드리게 돼서 죄송하다. 대학은 정해 주시는 대로 쓸 테니 좋은 대학이 아니어도 좋으니 꼭 올해 들어갔으면 좋겠다. 잘 좀 부탁하겠다는 말씀이었다. 목소리에서 힘이 없음을 느꼈지만 너무나 점잖은 분이시기도 하고, 바쁜 시기여서 크게 개의치 않았다. S2 학생은 고3 때 서울대 디자인학부에 합격했다. 언니와 동생이 나란히 성공적으로 입시를 마무리했다.

S1, S2 학생의 어머님이 지병으로 세상을 떠나셨다는 소식을 들었던 게 S2 학생이 서울대에 합격하고 2주 정도 지나서였다. S2 학생이 대학을 지원하기 위해서 얼마 전 상담 통화를 한 것이 그 어머님과의 마지막 통화였다는 걸 알게 되었다. 가슴에서 뭔가 큰 덩어리 하나가 뭉쳐 있는 듯한 느낌이 들었다. 나중에 안 사실이지만, 나를 더 안타깝게 했던 건 S1, S2 학생의 부모님은 약사셨다. 부모님이 함께 약국을 운영하시다가 S1 학생이 우리 학원에 오기 전에 아버님이 먼저 세상을 떠나셨

미술로 사람을 공부하다

고, S2 학생이 대학에 들어가자마자 어머님도 아버님 곁으로 가신 거였다. 입시가 끝나고 S2 학생의 이모가 나한테 전화를 해서 그동안 S2 학생을 지도해 주셔서 감사했고 좋은 결과가 있어서 정말 다행이다. 미술대학에 들어가서는 S2 학생한테 어떤 지원이 필요하고 무엇을 중점적으로 공부를 해야 하는지 등에 관한 것을 이것저것 물어봤는지가 그제야 이해됐다. 이모님과 통화할 당시만 해도 왜 어머님이 전화를 안 하시고 이모님이 전화하셔서 이런 걸 물어보나,라는 의문을 갖긴 했었지만, 바쁘기도 했고 어머님이 여행을 가셨거나 전화를 하지 못하는 상황일 수 있어서 대수롭지 않게 생각하고 넘겼었다. 너무 가슴 아픈 일이었다. 두 자매는 어린 나이에 아버님을 떠나보냈고 성인이 되는 시점에 다시 어머님도 아버님 곁으로 보낼 수밖에 없었다. 이런 자매를 안타까운 소식을 전해 듣는 것만으로도 어른으로서 애틋함과 미안한 감정이 들었다. 그 자매는 서로 의지하면서 잘 살고 있는지 궁금하다. 지금쯤이면 어엿한 어른이 돼서 결혼도 하고 아기도 있을 나이가 됐을 텐데.

'자식은 부모 마음대로 안 된다.'라는 말이 있다. 부모는 자식이 잘되라고 이것도 시키고 저것도 해 보라고 이야기하지만, 막상 자식은 그 뜻과는 상관없이 자신의 뜻대로, 자신이 하고 싶은 걸 찾아 나서니 부모로서는 반쯤 포기하는 마음과 걱정이 섞여 있는 마음의 단계에서 흔히 쓰는 말이다. 그런데 부모는 그런 자식을 기다려주지 않는다. 재수를 하면서 부모님의 걱정을 샀던 언니가 대학에 가서 입시에 힘들었던 것들은 떨쳐 버리고 밝게 대학 생활하는 모습도 보여줄 수 없다. 모든 부모들이 바라는 서울대에 들어가서 어리기만 했던 학생의 티를 벗고 어엿한 숙녀의 모습과 풋풋한 대학 새내기의 모습도 보여 줄 수 없다.

프랑스와 부셰(François Boucher) '점심' 1703, 파리 루브르박물관 소장

　자매들은 나름 열심히 살아 이제 제 꿈을 펼칠 공간을 마련했고, 이제 어떤 꿈을 펼치고 살아가는지를 지켜봐 주면 되는 부모님이 필요한데, 엄마. 아빠가 너무 빨리 이 세상을 떠나셨으니 이제 누구한테 그 모습을 보여줄 수 있을까? 아니면 그 누가 그 모습을 봐줄 것인가? 안타깝기 그지없다. 자매들한테는 항상 자신들에 곁에서 세상에 바람막이

와 든든한 조력자가 되어 주어야 하는 부모님이 자식의 뜻대로 되지 않는 케이스일 것이다. 스위스 소설가 알랭 드 보통(Alain de Botton)이 《슬픔이 주는 기쁨》(2012)에서 이런 말을 했다.

> 인생은 고통일 수밖에 없다는 확고한 믿음은 수백 년간 인류의 가장 중요한 자산 중 하나였다. 이것은 마음이 독에 물드는 것을 막아 주는 보루가 되기도 했고, 좌절할 수밖에 없는 희망의 길로 가는 발걸음을 막아 주는 보호벽이 되기도 했다.

우리 인생이 장밋빛으로만 물들어 있다면 그 빛은 우리가 찾는 사랑과 희망의 역할을 할 수가 없다. 어두움의 그림자가 있기 때문에, 그 어두움의 두려움과 암흑의 절망을 순간순간 느끼고, 피하고 싶은 간절한 마음 때문에, 우리는 장밋빛을 갈망하고 동경의 대상으로 두는 것이다. 두 자매도 본인들이 겪은 고통과 시련만이 삶의 전부일 거라 생각하지 않았으면 좋겠다. 설사 고통이 계속된다고 하더라도 각기 다른 시간과 상황에 따라 다른 모습으로 찾아오는 고통이 낯설지만은 않다.

나의 인생도 마찬가지이다. 한해, 한해 결과를 만들어야 한다는 중압감과 심리적 압박을 이겨내야 하고, 합격한 학생들보다 불합격한 학생들의 모습이 눈에 더 아른거리는 일이 반복될 때마다, 이 일을 내가 얼마나 더 지속할 수 있을까를 하루에도 수십 번 고민하고 또 마음을 다잡는다. 이렇게 힘든 미대 입시에서 나를 버티게 하는 건 기쁨보다 슬픔, 감사함보다는 미안함, 자랑스러움보다는 부끄러움으로 이 일을 버텨내는 것 같다. 특히 이 두 자매가 떠오를 때면 더더욱 그런 생각이 강하게 든다.

그는 위험 속에서, 실패 속에서 행동한다.
당연히 그는 위험을 책임진다.

― 보부아르 ―

대립이나
공생이나

미술대학을 진학하려고 준비하는 학생들은 모두 미술학원에 다닌다. 미술뿐만이 아니라 대부분의 예체능을 준비하는 학생들—미술, 체육, 음악, 연기, 발레 등—은 학원이나 개인 레슨을 받는다. 학교나 혼자 준비해서 예체능 대학을 지원하는 학생들은 극히 드물다. 예고(藝高)를 다니는 학생들까지도 학교 외부로 나와서 학원이나 별도의 레슨을 받아 대학에 들어간다. 나도 마찬가지로 미술학원을 꽤 오래 다니고서야 홍대를 입학했다.

미술 쪽에 관심을 가지면서 어렸을 때부터 미술학원을 다녔고 인문계 고등학교에 들어가서 미술부에 들어갔는데, 학교 미술 시간으로는 대학에 갈 수 없다는 걸 금방 알게 되었다. 전문적으로 미대 입시를 가르치는 선생님도 없고 그나마 있는 미술부 선배들도 모두 다 미술학원에 다니고 있었기 때문에 선택의 여지가 없었다. 학교 미술 선생님은 워낙 연로(年老)하셔서 괜찮은 미술학원을 추천해 주는 정도가 다였지만 그래도 고마웠던 건, 학교에서 나이가 지긋한 선생님이다 보니 젊은 선생님들이 미술 선생님의 손에 이끌려서 '이놈은 미술 하는 놈이니, 야자(야간자율학습)는 빼줘야 할 것 같아.'라고 한마디 하시면 그날부로 학교 야자에서 자동 해방되는 학생이 되었다. 그 당시만 해도 공부를 잘하는 학생들이야 야자를 하나, 안 하나 큰 차이가 없었지만, 공부에 관심이 없는 학생들이 강제 야자를 하는 건 아주 곤혹스러운 일이었고 그 야자를 임의로 뺀다는 건 여간 어려운 일이 아니었다.

예체능, 그중에서 미술학도의 학교 일과는 이랬다. 동네에 친한 친구의 아버지 차를 얻어 타고 친구와 함께 가장 먼저 등교했다. 아무도 오지 않는 이른 시간이라 친구와 난 등교 하자마자 교복 상의를 이불 삼아 머리 위에 덮고 책상에 머리를 박고 잠을 잔다. 완전 비몽사몽의 시간이 찾아온다. 1교시, 2교시가 넘어갈 때까지 잠이 깨지 않는다. 정말 피곤하고 졸렸다. 그렇게 잠을 자다 보면 슬슬 배가 고파진다. 3교시 쉬는 시간쯤에 잠을 깨고 어머니가 싸 준 두 개의 도시락 중, 하나를 맛있게 먹는다. 이 시간에 먹는 도시락은 정말 꿀맛이다. 점심은 미리 먹었으니 점심시간에는 반 친구들과 이런저런 재미를 찾아 돌아다니면서 학교가 돌아가는 분위기를 파악한 후에 공부도 좀 하고 스케치북에 그림도 그리고 자유롭게 오후 시간을 보낸다. 모든 수업 시간이 마무리되면 하나 남은 도시락을 마저 해치우고 미술학원으로 달려간다. 그럼 그곳엔 학교 친구들보다 더 가깝게 지내는 친구들과 요즘 말로 여사친(여자 사람 친구)들이 아주 많이 있다. 10대 후반의 남성 호르몬이 폭발하는 남학생만 있는 남자 고등학교와 90% 이상이 여학생 비율로 구성된 미술학원의 향기는 완전히 다르다. 그리고 그곳의 물감 냄새와 흑연 가루는 10대의 낭만에 심취하기에 충분하다. 그곳에서 밤 11시, 12시가 다 되도록 그림도 그리고 친구들과 우정을 쌓은 후 12시가 다 되어서 집에 돌아온다. 그러면 집에서 10대의 짜릿한 새벽 시간이 이어진다. ―예체능 학생들만이 아니라 모든 10대 학생들이 느끼는 즐거운 시간 때일 것이다.—그러다 잠이 들고 다음 날이 똑같이 반복된다.

　예체능 학생의 일과가 반복되면서 공부는 멀어지고 그림은 잘 풀리지 않게 되는 시간이 반복된다. 30년 전의 일이 현재 2020년에도 비슷하게 우리 학생들에게 재연(再演)된다. 예체능 학생들, 특히 미술을 전공하는 학생들에게 학교는 참 먼 존재가 되어 버린다. 그나마 요즘의 예고나 특성화고 등에서는 학교에 미술 강사가 와서 입시 미술의 맛보기를 조금 해 주기는 하지만 그 수준이 학원과 현저히 차이가 나기 때문에 결국에 미술학원에서 대부분의 시간을 보내게 된다. 대한민국의 모든 예체능을 희망하는 학생들은 학교, 즉 공교육의 도움을 받지 못하고 대학을 진학하게 된다. 엄연히 대학 정규 과정에 미술대학 디자인과, 회화과 등등의 학과들이 있고 학생들을 교육하고 학위를 주는데도 불구하고 중, 고등과정에서는 예체능 학생들이 철저히 소외된다. 중등 과정에서는 미술을 할 거면 고등학교에 가서 해도 늦지 않는다고 국, 영, 수 외에 한눈파는 걸 금기시한다. 고등학교에 올라가면 예체능은 공부를 안 하는 학생, 못하는 학생, 포기한 학생 정도로 취급하고 학교 선생님들은 나는 예체능에 대해서 잘 모르니 학원에 가서 상담을 받아 보라는 이야기로 진학 상담이 끝나는 게 대부분이다. 그나마 고마우신 선생님은 '우리 ○○○ 학생이 미술학원에 잘 다니고 있는지 궁금하다' 정도의 의사 표현을 학원에 전화해 알아봐 주는 정도일 것이다. 정말 안타까운 현실이다. 이런 현실을 이야기하면 학교가 문제가 아니라 사교육 시장이 문제고, 학원이 사교육을 조장한다는 식으로 이야기를 하는 사람들이 많다. 정말 아무것도 모르는 사람들이 하는 흰소리다. 나의 주장을 반박할 수 있는 선생님이나 관계자가 있다면 그나마 고마우신 분들이다. 하지만 그 고마움도 현재 예체능 학생의 관리 부족과 입시 현실을 따라가지 못하는 시스템을 부인할 수 없을 것이다. 미술학원에서는 이런 불합리와 무시를 너무나 오랜 시간, 많이 받아왔기 때문에 예체능 학생들의 이런 고질적인 문제를 일일이 대응하거나 공교육의 잘못을 지적하지 않는다. 오히려 학교와 문제가 생기면 모든 피해는 학생이 떠안게 되니 그냥 학교와 좋게, 좋게 지내고 마찰이 생기는 걸 꺼리는 쪽이다.

학교에 애로사항에 대해서도 충분히 이해는 간다. 대부분 고등학교들이 명문대 진학률에 목숨을 걸고, 명문대 진학률이 높아야 좋은 평가를 해 주는 우리의 학교 현실에서 얼마 되지도 않는 예체능 학생까지 신경 쓰기에는 현실적인 한계가 있다는 걸 잘 알고 있다. 특히 요즘 학교에는 미술, 음악, 체육 선생님이 많아 봐야 두 명, 어떤 곳은 미술 선생님은 기간제 교사로 대체하는 경우도 많다. 학년이 올라갈수록 국, 영, 수 과목의 비중이 커지는 상황에서 미술 선생님 수를 늘릴 리 만무하다. 또한 미대 입시는 계속해서 변하고 새로운 입시 유형이 쏟아지는 상황에서 한두 명의 미술 선생님이 그 많은 대학의 실기 유형과 학생들의 실기력을 체크해 준다는 건 거의 불가능한 일이 된다. 이런 이유 때문에 학교는 유독 예체능 학생들을 방관하게 되는데 여기서 문제는 사교육과의 협조도 잘 이루어지지 않는 데에 있다. 요즘 입시는 수시다, 정시다 해서 워낙 다양한 전형과 실기 유형이 있다. 학원들은 학생, 학부모의 요구에 맞추기 위해서 일 년 내내 입시 준비와 시험 준비로 정신이 없다. 그런데 학교에서는 '그런 건 잘 모르겠고, 일단 학교는 나와야 돼' 이런 자세를 몇십 년째 취하고 있는 것이다. 무한 경쟁에 몰려 있는 학생들은 실기력이 중요한 예체능 전형에서 다른 사람들과의 경쟁에서 뒤처지지 않기 위해서 학원과 과외를 받으러 학교에서 빠져나간다. 그런데 학교는 사교육이 그걸 조장한다는 논리를 몇십 년째 펴면서 우리는 예체능을 관리, 책임질 수 있는 능력은 되지 않지만, 사교육을 받으러 학교 밖으로 나가는 건 반대하고, 사교육에서 안전한 학교 안에 학생들을 묶어 둘 수밖에 없다는 논리는 너무나 무책임한 처사임이 분명하다. 그래서 오늘도 예체능 학생들은 그런 무시와 비협조를 무릅쓰고 학원으로 달려와서 수시와 정시를 준비하고 있다.

장 바티스트 시메옹 샤르뎅(Jean Baptiste Siméon Chardin) '가정교사' 1740,
워싱턴 DC 내셔널 갤러리 소장

월 듀런트(Will Durant, 철학자, 1885.11.05~1981.11.07)가 자신의 책《철학 이야기》에서 이런 말을 했다.

학교 교육의 교양은 신사 기질을 조장하지만, 직업의 동료 관계는 민주주의를 촉진한다. 산업 사회에서 학교는 작은 작업장, 작은 공동체여야 하며, 실천과 '시행착오(trial and error)'를 통해 경제적, 사회적 질서를 위해 필요한 기능과 자제를 가르쳐야 한다. 그리고 마지막으로, 교육은 단순히 성숙기를 위한 준비가 아니고 ―청년기 이후에는 교육을 중지하여야 한다는 바보 같은 생각이 그곳에서 나왔다― 끊임없는 정신의 성장과 끊임없는 생활의 발전으로 다시 생각해야 한다. 어떤 의미에서 학교는 정신적 성장의 수단을 제공할 뿐이고, 나머지 일은 경험의 흡수와 해석에 달렸다. 참다운 교육은 우리가 학교를 졸업한 뒤에 시작되는 것이니, 우리가 죽기 전에 교육을 그만둘 이유는 전혀 없다.

대학에서도 우수한 학생들을 선별해서 뽑고 싶은 욕구와 어느 정도의 기본적인 미술에 대한 소양을 고등과정에서 배워오면 대학에서는 실무적인 교육을 바로 할 수 있기 때문에 지금의 입시 체제를 크게 반대하지는 않는다. 그렇다면 고등교육에서 변화가 있어야 하고, 지금보다는 더 많은 관심과 애정을 예체능 학생들에게 쏟아야 한다. 그러기 위해서는 학교 안에서도 교육받을 수 있는 맞춤형 교육과 공교육에서 해결할 수 없는 부분들을 사교육에 협조를 구하고, 사교육을 맡고 있는 학원에서는 학교 선생님들과의 커뮤니케이션을 심도 있게 넓혀 가면서 예체능 학생들을 교육하고 체계적으로 관리해서 학생 개개인의 적성과 진로에 대한 현실적인 도움을 줄 방안들을 모색해야 한다. 한발 더 나아가서 학생들이 학교를 졸업하고 사회에 나갔을 때 학교에서 배운 공동체의 중요성과 내가 사회와 함께, 사회를 위해서 어떤 역할과 책임을 다할 수 있는지를 공교육과 사교육이 머리를 맞대고 고민하고 교육해야 한다. 그렇지 않고 모든 학생을 공교육 품 안으로 무조건적으로 들어오게 하는 지금의 방식은 계속해서 공교육과 사교육의 대립으로 이어질 테고, 그 안에서 피해를 보는 건, 결국 우리 학생과 학부모라는 걸 잊으면 안 될 것이다.

# 우리 삶도
## 카페처럼

한재림 감독(1976~)의 영화 〈더 킹〉에서 조인성(영화배우)이 검사 역으로 나온다. 대한민국 검사의 민낯을 보여 주는 영화인 것 같긴 한데. 워낙 검사의 이미지가 평범하게 묵묵히 열심히 일하는 공무원의 이미지가 떠오르기보다는 특권을 누리는 극소수의 정치검사의 이미지가 강하다 보니까, 그렇게 새롭다거나, 우리가 몰랐던 부분을 폭로하는 수준까지는 못 미쳤던 것 같다. 그래서인지 조인성과 함께 다른 유명 배우들의 호화 캐스팅에도 불구하고 그리 흥행하지 못한 영화인 것 같다. 이 영화에서 검사 역으로 나오는 박태수(조인성)가 학창 시절에 검사가 되기 위해서 어떻게 공부를 하는지에 대한 이야기가 나온다. 학교에서 싸움을 좀 하는 일진 비슷한 태수가, 학교를 마치고 집에 돌아오는데 검사에게 무차별적으로 구타당하는 아버지의 모습을 목격하게 되고, 나도 저와 같은 막강한 힘을 갖고 싶다는 생각에서 검사가 되겠다고 결심을 하고 공부를 시작한다. 공부를 하지 않던 학생이 공부를 하려니 당연히 모르는 것도 많고 집중도 잘되지 않았을 것이다. 그러다 아주 시끄럽고 사람 많은, 요즘에는 흔히 볼 수 없는 롤러스케이트장에서 공부가 잘되는 자신의 모습을 발견하게 된다. 매일 롤러스케이트장에서 친구들과 신나게 놀거나 시간을 죽이던 태수로서는 놀라운 발견이 아닐 수 없다. 그 후로 시끄럽고 사람 많은 곳을 찾아다니며 공부를 하고 성적도 쑥쑥 올려 전교 1등을 탈환한 후 사법고시까지 합격하게 된다. 정말 영화 같은 이야기이다. 저렇게 공부해서 서울대에 들어가서 사시까지 합격할 수 있다면 어느 누가 공부를 마다하겠는가. 하지만 현실에서는 아주 쾌적한 독서실과 공부방이 있어도 서울대에 합격하기는 정말 힘든 일이다. 예전처럼 학력고사 시절에야 사지선다(四枝選多)의 암기형 시험을 정신 차리고 1, 2년 공부를 바짝 하면 가능할 수도 있겠지만, 요즘처럼 복합적인 수학 능력을 평가하는 수능 시험에서는 벼락치기란 아무 의미가 없는 것이고, 고등학교 3년 내내 내신 관리를 꼼꼼하게 하지 않으면 자격조차 주어지지 않는 대학이 많다. 대부분의 사람들은 소음이 있는 공간에서 공부해서 성공한 태수의 모습에 공감하기 힘들 것이다. 단순히 이야기에 재미를 주기 위한 영화적 상상력이라고 생각을 하겠지만 난 이 장면을 보고 공감 가는 부분이 있었다.

서울의 강남지역에서 미술학원 강사 생활을 할 때 난 아주 고지식한 교육 방법을 썼다. 학생들의 자율성은 무시하고 학생의 1분 1초를 관리하고 체크했다. 그림도 대학에 갈 수 있는 수준만 만들어 주면 된다는 강박이 있어서 불필요하다고 생각되는 부분들은 다 빼고 필요한 것만, 시험에서 나올 것 같은 주제들만 연습시키고 여기에 나의 모든 역량을 투자했다. 결국 입시에 대한 결과는 좋았지만 조금 더 진심으로 학생들을 대하지 못했고, 그림을 재미있게 가르치지도 못했던 것 같다. 그 와중에 학원 수업 시간이 되기 전에 교복을 입고, 귀에는 이어폰을 꽂고 커피와 조각 케이크를 앞에 놓고 카페에서 공부하는 학원 학생을 보게 됐다. 너무 이해할 수 없었고 약간 화가 날 정도였다. '아니, 고

3 수험생이 학교나 독서실에서 공부를 안 하고 시끄러운 카페에서 저렇게 공부하다니. 과연 공부가 될까.' 라는 의문이 들었고, 강남에 화려한 거리와 즐비한 카페에 직장인들이나 대학생들의 모습을 보고 동경하는 마음에서 그렇게 하고 있다는 생각까지 들다 보니 순간 화가 치밀었다. 그 후로도 그 학생이 카페에서 공부하는 모습은 자주 목격됐다. 카페에서 공부하는 학생이 정말 공부를 잘할까, 그 학생에 대한 선입견이 조금 생겼던 것도 사실이다. 학생은 그림 실력은 그리 좋지는 않았지만, 항상 열심히 하려고 하고, 궁금한 것이 있거나 부족한 부분이 있으면 질문도 자주 하며, 그림에 대한 집중력도 좋았다. 당연히 학과 성적은 좋지 않겠지,라는 선입견을 가지고 진학 상담 기간이 오면 한마디 충고를 해 줘야겠다는 생각을 하고 있었는데, 의외로 학생의 성적은 나쁘지 않았다. 나쁘지 않은 정도가 아니라 상위권을 갈 수 있는 정도의 성적을 유지하고 있었다. 카페 얘기는 하지 않고 앞으로의 방향과 진학 가능한 대학을 얘기해 주고 상담을 마무리했다. 결국 그 학생은 서울에 있는 국립대학을 수시에서 합격해서 대학생이 되었다. 지금 생각하면 정말 고리타분하고 진부한 고정관념을 가진 사람처럼 보이지만 그 당시에는 그랬다. 그때의 내 모습을 떠올리면 지금도 내 자신이 창피하다는 생각을 하게 된다.

난 도서관이나 아주 조용한 곳을 찾아 책을 읽지 않는다. 어린 아들이 뛰어노는 거실의 작은 소파 구석에 앉아서, 아들에게 언제 호명될지 모르는 불안감을 안고 그 찰나에 책을 읽거나, 와이프가 침실에서 자기 전 불을 끄고 TV를 볼 때 침대 옆에 있는 작은 스탠드에 불을 켜고 TV 소리의 소음과 나의 집중력 중에 누가 이기는 지 시험하듯 책을 본다. 아니면 버스에서 지하철에서 책 읽는 것도 즐겨한다. 그래도 가장 좋아하는 곳은 카페에서 책을 읽는 것을 즐겨 하지만, 카페까지 오고 가는 시간과 육아와 직장 일 때문에 카페에 가서 여유 있게 책을 읽을 수 있는 시간이 주어지는 건, 아주 힘든 일이 되었다.

　카페는 아주 특이한 장소이다. 사적인 장소와 공적인 장소의 중간 의미를 담고 있는 곳이 카페이다. 혼자 사용할 수 있는 테이블이 있고 그런 테이블들이 여러 개가 어느 정도의 간격을 두고 놓여 있다. 어느 테이블에 앉을지는 자리만 넉넉하다면 내가 정할 수 있다. 그 테이블에 앉아서 커피도 마시고 케이크나 음식도 먹을 수 있다. 책을 펴고 공부를 할 수도 있고 직장이나 학교에서 못다 한 업무나 과제를 할 수도 있다. 펼쳐놔야 하는 책이나 컴퓨터가 있어서 자리를 많이 차지하고 써야 하는 상황에서는 테이블을 두 개 붙이고 사용해도 크게 뭐라고 하는 사람이 없다. 그만큼 카페에서는 사적인 영역을 최대한 인정해 주고 서로 침범하지 않으려고 배려해 준다. 그런 아주 작은 사적인 영역이 여러 개가, 많게는 수십 개가 한 공간에 함께 있다. 그런 사적인 공간에서 우린 서로에게 자신의 모습을 스스럼없이 보여 준다. 보이지 않는 벽이 있는 듯, 테이블마다 유리창이 있는 것처럼 행동한다. 여기서 하나를 덧붙이자면 외국인들이 우리나라에 왔을 때 놀라는 일들 중 하나가 카페에서 노트북과 핸드폰, 그리고 다양한 자신의 물건들을 놓고 잠시 자리를 비워도 그 짐이 없어지지 않는 것이다. 미국이나 유럽 여행을 가면 소매치기나 위험한 상황이 많이 발생하기 때문에 귀중품은 항상 허리춤에 꼭 안고 다니던 기억이 있는데, 우리나라에서는 그럴 필요가 없다. 그냥 놔두고 가도 없어지지 않고, 심하게는 내 짐으로 테이블을 잡아 놓고 장시간 자리를 비우거나 밥을 먹고 와도 그 짐은 그대로 있다. 카페에서 그 테이블, 그 사적인 공간은 정말 대단한 유력을 발휘하고 침해받지 않는 공간이 된다.

　왜 이런 카페에서 사람들은 책을 읽고, 공부를 하고, 자신의 개인적인 일들을 보는 것일까. 분명 다른 장소보다도 집중이 잘 되거나 더 나은 장점들이 있기 때문일 것이다. 카페는 아주 사적인 보호를 받으면서도 분명 공적인 장소이다. 집에서 책을 읽다 보면 처음 시작과 다르게 자세가 달라지거나 책을 읽는 위치가 달라진다. 사적인 힘이 너무 강하다 보니 나 스스로 제어가 잘 되지 않고 나를 어느 하나에 집중시키지 못한다. 책을 읽는 중에 TV가 눈에 들어온다든가, 빨래를 해야 한다는 게 생각나서 세탁기에 빨래를 돌린다거나, 집에 있는 아이가 같이 거실을 뛰자고 내 팔을 잡아끈다거나 하는, 분명 사적인 공간이지만 나의 사적임을 신경 써 주지 못하는 상황이 계속해서 벌어진다. 반대로 아주 조용한 도서관이나 사무실 등에서는 그 공적인 하중이 나를 누르기 때문에 자유롭게 행동하고 생각할 수가 없어진다. 강의실에서는 그 강의 과목만을 집중하고 경청해야 할 것 같은 의무감이 생기고, 도서관에서는 아주 소소한 개인적 행동은 엄격히 제한당하고 오로지 책만 봐야 한다는 중압감이 날 힘들게 한다. 하지만 카페에서는 어느 정도 자유가 허락된다. 커피를 마실 수도 있고 잠시 멍하니 창밖을 바라봐도 된다. 카페 안에 다른 사람들은 어떤 옷을 입었는지, 옆 테이블에 앉아 있는 사람은 어떤 책을 보는지 혹은 어떤 업무를 보고 있는지 자세히는 아니지만 눈으로 즐길 수 있게 된다. 그러다가 문득 중요한 일이 생각나면 내 짐만 챙겨서 휙 하고 떠나면 그만이다. 정말 이렇게 짧은 시간 동안 완전한 나의 사적 공간이 되기도 했다가, 전혀 상관없는 공간이 되기도 하는 공간이 세상 어디에 또 있을까.

　요즘 카페는 가족, 연인들끼리 오거나, 학생과 과외선생님이 마주 앉아서 과외 수업을 하거나, 혼자 개인적인 일을 보러 오는, 정말 다양한 사람들이 와서 사적인 공간을 즐기고 또 약간의 공적인 압박을 즐겨 가며 생활하는 곳이 되었다. 커피값의 여유만 있다면 난 카페에서 책 보기를 추천한다.

빈센트 반 고흐(Vincent van Gogh) '아를르의 포룸 광장의 카페테라스' 1888, 크뢸러 뮐러 미술관 소장

# 항상 같은 자리,
# 다른 노력

대학을 들어가기 전에는 어떤 전공을 하고 싶고, 이런저런 직업도 갖고 싶다는 막연한 기대와 생각들을 하지만, 막상 대학을 다니다 보면 하고 싶은 일이 매일매일 달라지고, 매 학기 꾸는 꿈이 달라진다. 대학 생활에서 자신이 장래에 하고 싶은 일과 미래의 꿈에 가장 큰 영향을 주는 것 중 하나가 바로 대학 선배와 교수님들이 아닌가 싶다. 어떤 선배가 대학원에 갔다더라, 어떤 선배는 어느 나라로 유학을 떠났다더라, 또 누구 선배는 무슨 회사에 취업해서 잘 나가고 있다더라, 등등 나름대로 우물 안에서 벌어지는 일들을 살펴보고 또 그 우물에서 뛰쳐나간 선배들의 모습은 왠지 멋져 보이고 동경의 대상이 되곤 한다. 또 내가 다니던 학과의 교수들은 대부분 작가라는 직업을 겸업하고 있다. 우리나라 미술계에 그리 좋지 않은 점이긴 하지만 'ㅇㅇ대학 교수'라는 타이틀이 붙어야 작가로서 대우도 달라지고 작품도 비싸게 팔 수 있으니 교수=작가라는 수식어는 어찌 보면 당연한 일일 것이다. 나를 가르치는 교수의 작품 활동뿐만이 아니라 개인전을 열었을 때 학생들의 반응은 가히 폭발적이다. '우리 교수님이 이 정도구나', '이 정도 급은 돼야 이렇게 멋진 전시를 할 수 있구나.' 하는 선망과 존경의 대상이 곧 교수들이다 보니 학생 개개인의 장래 희망과 꿈을 꾸는 데에 지대한 역할을 하는 게 사실이다. 이렇게 선배들과 교수들의 멋지고 잘나가는 모습은 가끔 그걸 지켜보는 후배와 제자들을 위축시키기도 한다. '나도 저 정도는 돼야 하는데', '내가 저와 비슷한 수준의 사람이 못 되면 어떡하지', 라는 생각들이 가슴 깊숙이 엄습해 오기 때문이다. 사람이 각자마다 다른 삶이 있는 것인데, 그때는 어린 마음에 그게 아니면 안 된다는 성숙하지 못한 생각이 들기도 했다.

다양한 선배들의 모습 중에서 대부분의 후배들에게 선망의 대상과 직업이 되지 않는, 약간의 무시를 받을 수 있는, 미술학원 강사 생활을 하던 선배들의 모습도 내 머릿속에 분명히 남아 있다. 그도 그럴 것이, 어느 미술학원에 가더라도 학교 선배, 선배의 친구, 선배의 후배, 선배의 선배들이 거미줄처럼 뒤엉켜 있으니 다른 전공도 마찬가지겠지만 특히 미술대학에서 선배의 그늘을 벗어나서 생활하기는 힘든 일이다. 나 또한 미술학원에서 30년 가까이 일을 하고 있으니 흔히 말해, 이쪽 바닥에 사람들을 얼마나 많이 알고 있겠는가. 많은 현직 강사들과 강사이었다가 원장님이 되신 분들, 처음 알고 지낼 때부터 원장님이었던 원장님들, 강사 혹은 원장님을 하시다가 다른 일을 하시는 분들까지, 다양한 장소에서, 다양한 스타일로, 학원과 연관되어 있는 분들 속에서 난 생활하고 있다. 그런 분 중에 학교 선배이면서 학원계의 선배 원장님들의 이야기를 해 보고 싶다.

대학 1학년 때에 25살에 나이로 나와 같은 학년에 복학한 남자 선배가 있다. (이 선배를 P 선배라 하자.) 이 P 선배는 3수를 해서 대학에 입학하자마자 군대에 다시 입대하고, 또 제대하자마자 복학을 했으니 다른 1학년 치고는 나이가 좀 있던 선배였다. 이때 당시만 해도 홍대 미대는 학번과 학년이 완전히 뒤엉켜 있는 곳이었다. 공부보다는 그림만 열심히 그려서 대학을 들어오려는 사람이 많았기 때문에 고3 현역으로 홍대 미대를 입학하기는 정말 쉽지 않았다. '재수는 필수, 삼수는 선택'이라는 말이 있을 정도로 재수, 삼수생은 흔하디흔했다. 고3 혹은 재수를 해서 입학한 사람은 약간 애 취급을 당했고 삼수 정도는 해야 그래도 '그림 좀 그렸겠네.'라는 말을 들을 정도였다. 이 P 선배 말고도 25살에 나와 같이 입학한 형, 누나들이 4명이 더 있었고, 나보다 한 학번 바로 위에 선배들 중에는 31살인 선배도 있었다. 이렇다 보니 학교에서 학번을 따지자니 나이 차이가 너무나 많이 나고, 학년을 따지자니 나이 많은 1, 2학년이 너무 많았던 것이다. 하는 수 없이 앞에서는 학번과 학년으로, 뒤에서는 나이로, 복잡하게 뒤엉킨 것들을 풀면서 생활했다.

박흥서 '케이크 일러스트' 2020, 디지털아트

박흥서 '인물 일러스트' 2020, 디지털아트

이 P 선배도 나이는 많지만, 학년은 1학년이고, 본인의 입학 동기는 3
학년이니 입학 동기들과는 같이 생활을 거의 못 했고 같이 모인 자리에
서도 서먹하게 지냈다. 그러다 보니 같은 학년인 어린 동생들과 함께 주
로 생활했다. 크게 눈에 띄는 스타일은 아니었지만, 미술적인 감각도 뛰
어나고 그림에 대한 재능도 많아서 우리 전공의 작업보다는 그림을 그
리는 쪽의 성향에 잘 맞던 선배였다. 이런 이유뿐만이 아니라 경제적인
문제와 개인적인 다른 문제들로 인해서 학교보다는 미술학원 쪽에서 유
명세가 어릴 적부터 있었고, 그림을 잘 그리는 선생님으로 그 당시에도
통했었다. 학과의 특성상 그림을 그리는 수업이 1, 2학년 때 주로 있었
는데 선배의 드로잉 실력을 보고 같은 미대생이지만 깜짝 놀란 적이 한
두 번이 아니었다. 그 선배 앞에서 서면 왠지 겸손해지고 주눅 드는 느

박흥서 '동화집 일러스트' 2020, 디지털아트

껌이랄까. 아무튼 이 선배는 타고난 감각과 끼로 무장된, 이쪽 바닥에서도 그리 흔치 않은 능력을 소유한 선배였다. P 선배와 친하게 지내던 3학년 남자 선배가 두 명 더 있다. 이 선배들은 나이도 당연히 더 많고 학교도 오래 다니다 보니 학교에서는 거의 '큰 형님' 소릴 들었다. 쉽게 친해지기 어려운 선배이긴 했지만 그래도 나와는 조금 가깝게 지내던 선배들이었다. 두 선배 모두 후배들을 잘 챙기지는 않았지만, 워낙 인품이 좋고 학교생활이나 작업을 열심히 하던 분들이라 배울 것도 많았고 따르는 후배들도 여럿 있었다. (이 선배를 J 선배, C 선배라 하자.)

P, J, C 선배들은 서로 가깝게 지냈고 그중에 J 선배의 나이가 가장 많았다. 이 세 명의 선배들과 홍대 다른 학과 선배 한 명이 뜻을 같이해서 서울 방배동에 미술학원을 차렸다. 그때가 내가 군대를 제대하기 전이었으니 벌써 20년도 넘은 일이다. 젊은 나이에 네 명이서 창업을 한다는 게 쉬운 일도 아니지만 아직까지 그 자리에서 학원을 잘하고 계신다는 게 같은 학원을 하는 입장에서 정말 존경심이 느껴질 정도이다. 선배들의 학원이 한참 번성하던 시기에 나는 조금 떨어진 옆 동네에서 강사 생활을 하고 있었다. 가끔씩 선배들의 학원에 놀러 가서 같이 술잔을 기울이기도 하고 충고와 조언을 듣기도 했다. 그럴 때마다 바쁜 와중에 후배의 방문이 귀찮기도 하고, 가볍게 듣고 넘길 수도 있었을 텐데. 그때마다 대학에서처럼 친절하고 진심 어린 충고를 해 줬던 게 아직도 고맙기도 하고, 지금 학원을 하는 나에게는 큰 밑거름이 되었다. 이런 고마운 생각이 들 때마다 나이 차이 많이 나는 후배가 큰 형님들에게 너무 버릇없이 굴고, 까불기만 하던 학창 시절이 함께 떠오르게 된다. 그때마다 내 뺨이 부끄러움으로 붉어지는 게 느껴진다. 그래서 나이 든 지금은 정

말 최선을 다해 예의를 지키고 깍듯이 대하려고 노력한다.

P, J, C 선배들이 학원을 어떻게 운영하고, 어떤 마음가짐으로 학생들을 가르치는지를 알게 되면서 나 또한 선배들을 닮아 가려고 노력했던 것 같다. 선배들은 학원을 내 집처럼 깨끗하고 정갈하게 사용하려고 노력하고, 학원의 다른 구성원들을 직원이나 혹은 후배라고 해서 가볍게 여기지 않고 존중하며, 학원에 모든 일이 결국에 학생들을 대학에 보내는 일련의 과정이라 생각했다. 이런 생각들을 네 사람 모두 똑같이 가지고 있으니, 당연히 자신들의 학원에서 일어나는 모든 일을 아주 소중한 경험이라 여겼다. 그 경험을 통해서 다른 학원들에 비해서 조금 더 모범적인 학원의 모습과 앞서나가는 학원으로 하나씩 하나씩 만들어 갔다. 특히 학생들을 대하는 선배들의 모습은 스승과 제자의 상하관계가 아니라 같이 노력하고 고생하는 협력의 관계, 공생의 관계처럼 보였다. 학원을 단지 사교육을 위한 장소라고 생각한다면 이곳만큼은 학생들의 미래와 인성교육까지 하려고 노력하는 학원이라 난 믿는다. 이 모든 것이 P, J, C 선배들의 열정과 노력으로 만들어 낸 결과물이라고 생각한다. 이런 선배들의 진술한 모습이 학생이나 학부모 눈에도 당연히 보였을 것이고, 그런 신뢰와 믿음으로 한 지역, 한 자리에서 20년이 넘게 한 학원을 유지할 수 있는 밑거름이 됐을 것이다. 지금은 우리나라에서 몇 안 되는 아주 탄탄한 프랜차이즈 학원으로 성장했다. 그리고 앞으로도 그 자리를 굳건히 지킬 것이라 믿어 의심치 않는다. 또한 미술학원이 단순히 공교육을 대신하는 곳, 이윤만을 추구하는 곳, 사교육을 조장하는 곳이라는 선입견을 가지고 있는 학생, 학부모가 있다면 세상 모든 학원, 특히 미술학원은 다 그렇지 않다는 걸, 이 선배들의 학원을 그 예로 알아줬으면 좋겠다. 난 다른 곳에서 학원을 하면서

선배들의 서로 간의 우애와 돈독한 모습이 너무 보기 좋았고, 같은 남자가 봐도 부러울 정도였다. 어릴 적에는 '나도 저런 동업자들과 함께 학원을 했으면 좋겠다.'라는 생각이 들 정도였다. 오해는 안 했으면 좋겠다. 지금은 나도 더 좋은 동업자들을 만나서 열심히 학원을 하고 있다. 누구나 인생에는 한 명의 멘토(mentor)가 있기 마련이다. 멘토가 없다면 한 명의 멋진 멘토를 만들려고 노력한다. 그 멘토가 여러 방면에서 많은 사람이 있다면 더할 나위 없이 소중한 인연이 될 것이고, 자신의 삶을 더욱 풍부하게 만들어 줄 것이다. 그 멘토를 꼭 사회적으로 유명한 사람, 학식이 높고 성공한 사람, 뭔가 특별히 존경할 만한 업적을 남긴 사람을 생각하기보다는 자기 영역에서 그 본분을 다하고, 항상 조금씩 더 나아지고, 발전하려고 노력하는 사람이라면 멘토로 삼아도 충분하다는 생각을 한다. 이 선배들도 나의 멘토 중에 한 사람으로 자리 잡을 충분한 자격이 된다.

하르먼스 판 레인 렘브란트(Harmensz van Rijn Rembrandt) '포목상 조합의 이사들' 1662, 암스테르담 국립미술관 소장

운명적인 조합, 즉 가장 사랑하는 운명적인 조합…
운명적으로 획득된 수의 본성에 의한
주사위 던지기의 반복이다.

—들뢰즈—

나에게 맞는
옷을 입자

'미술은 생물이다'라는 이야기를 앞에서도 했다. 입시는 해마다 조금씩 바뀐다. 그래서 1, 2년 안에는 큰 변화가 없지만 지나간 10년 혹은 20년을 돌아보면 정말 많이 변했다는 걸 알 수 있다. 하지만 입시에 몸담고 있는 사람들이야 그 변화를 몸소 느끼겠지만, 일반 대중들이나 입시를 단기간에 치르고 떠나는 학생, 학부모님 입장에서는 크게 와 닿지 않는 부분이다. 특히 이제 미대 입시를 준비하려는 학생, 학부모 입장에서는 뭐가 뭔지 하나도 모르겠고, 너무나 복잡해서 어디서부터 알아봐야 하나, 라는 막막한 생각이 들 것이다. 그래서 미술학원에 상담을 가기도 하고 미대 입시에 경험이 있는 지인을 찾아서 궁금증을 해결하기도 한다. 이 책을 읽는 시점에는 입시가 어떻게 바뀌어 있을지 모르는 일이지만 3~4년에 한 번씩 크게 바뀌는 걸 감안해서 이야기해 보겠다.

2021년 현재 미대 입시는 수시와 정시로 크게 나뉜다. 워낙 다양한 전형으로 학생들을 선발하기 때문에 '딱 이거다'라고 이야기하기가 어렵다. 그래서 이번 정부에서도 '대입 전형 간소화 정책'을 공약으로 내걸고 입시 제도를 손보고 있다. 미대 입시만을 국한해서 본다고 해도 그 가지 수는 너무나 많다. 그럼에도 단순하게 정리해 보자면, 수시는 내신 성적과 실기를 보고 학생들을 선발하고, 정시는 수능과 실기를 보고 선발한다고 보면 될 것 같다. 이 틀 안에서 세세하게 또 나뉘게 된다. 세부적인 항목을 살펴보면 수시는 학생의 학생부를 기준으로 미술 활동과 교과 성적을 종합적으로 판단하는 학생부 종합 전형이 있고, 교과 성적을 위주로 학생들을 선발하는 교과 성적 전형, 그리고 내신 성적과 실기를 합산해서 보는 실기 중심 전형으로 나뉜다고 볼 수 있다. 이 전형 말고도 농·어촌 학생들을 위한 농·어촌 전형, 큰 대회에서 수상한 경력을 가지고 뽑는 특기자전형, 장애인 등을 대상으로 선발하는 장애인 등 대상자 전형, 특성화고등학교를 재학 중인 학생들을 따로 선발하는 특성화 전형 등 이름은 조금씩 다르지만 크게 보면 학생부 종합 전형과 교과 전형에 포함되어서 학생들을 선발하고 있다. 이렇다 보니 정보에 취약하거나 이해도가 부족한 학생이나 학부모들은 입시정보를 취합하는 데에 어려움을 겪고 있다.

정시에서는 비중에 차이는 있지만, 대부분의 대학이 내신 성적과 수능 성적 그리고 실기 성적을 합산해서 선발하고 있다. 예를 들어 A 대학은 내신 10%, 수능 성적 30%, 그리고 실기 성적 60%를 합산해서 학생들을 선발하고, B 대학은 내신은 포함하지 않고 수능 40%와 실기 60%를 합산해서 학생들을 선발하는 방식을 취하고 있다. 수시에 비해서 정시는 조금 더 단순하고 명료한 느낌이 있다. 여기에 내신은 대학마다 실질 반영비율이 다르기 때문에 조금씩의 차이가 더 나긴 하는데, 정시에서의 내신은 큰 의미가 없고, 수능과 실기에 비중이 더 높아지는 경향이 있다.

수시, 정시를 요약해 보면 두 전형 모두 기본적인 학과 성적을 본다.

수시는 내신을, 정시에서는 수능을, 그리고 학과 성적만을 보고 학생들을 선발하는 몇몇 대학을 제외하고 대부분의 대학은 실기 시험을 치르고 이런 대학들의 실기 비중은 50% 이상을 차지한다. 이렇다 보니 학생, 학부모님들이 헷갈려 하는 부분이 무엇이냐 하면 '실기도 중요하지만 공부도 중요하네요.', '둘 다 잘해야 갈 수 있네요.' 이런 질문들을 많이 하게 된다. 첫 번째 질문의 답은 이렇다. 대학을 정하는 건 학과 성적, 즉 내신과 수능이고, 합격의 당락을 결정하는 건 실기 성적이다. 대학을 정할 때는 성적을 가지고 정하게 되는데 여러 명의 학생이 A 대학을 지원할 때 지원하는 학생들의 학과 성적의 격차가 그리 크지 않다는 이야기이다. 더 쉽게 말해서 서울대나 국민대를 지원하는 학생들이 대부분 1~2.5등급(수능 등급 기준) 학생들이 지원하게 되는데 3등급 아래의 학생들이 지원하지 않는다는 이야기이다. 또 경기, 수원, 인천 등의 수도권에 있는 대학들을 지원하는 학생들 중 1, 2등급인 학생들이 지원하는 비율은 현저히 낮다는 것이다. 학과 성적이 비슷한 학생들끼리 비슷한 수준의 대학을 지원하기 때문에 성적 분포는 큰 차이가 없지만 실기력에서는 큰 차이가 나기 때문에 합격의 당락은 실기 성적이 좌우한다는 이야기이다. 두 번째 질문의 답은 학과 성적과 실기 성적이 둘다 좋으면 당연히 상위권 대학에 안정적으로 갈 수 있다. 하지만 두 성적의 밸런스가 잘 맞으면 좋겠지만 그렇지 않은 학생들이 대부분이다. 학과 성적이 좋으면 실기 성적이 부족하다든지, 실기 성적은 우수하지만, 학과 성적이 뒷받침해 주지 못한다던지, 하는 문제들이 학생 개개인마다 다르게 작용하기 때문에 자신한테 조금이라도 유리한 요소가 있는 학교를 지원해야 합격할 수 있는 확률이 높아진다는 것이다.

현재 수시는 6개 대학, 정시는 3개의 4년제 대학을 지원할 수 있고

2·3년제는 수시, 정시 모두 무한대로 지원 가능하다.

이렇다 보니 학과 성적보다 실기가 우수한 학생들은 정시보다는 수시에 지원해야 합격할 확률이 높아지고, 그 반대인 경우는 수시보다는 정시에 유리한 게 사실이다. 그렇다고 해서 실기를 잘하는 학생들이 정시에서는 지원이 불가능하거나 불리하기만 한 건 아니지만 평균적으로 정시에서는 수능의 비중이 어느 정도 비슷하게 차지하고 있기 때문에 실기 성적으로 극복할 수 있는 한계가 있다. 몇몇 대학에서는 정시에서도 수능을 보지 않고 실기 성적으로만 학생들을 선발하거나, 수능성적의 비중이 30% 미만인 학교들이 더러 있기는 하지만 그리 많은 편은 아니다. 그럼에도 실기를 잘하는 학생들이 학과 성적이 높은 것보다는 유리한 건 사실이다.

예를 들어 정시에서 수능 40% + 실기 60%의 비중으로 학생들을 선발하는 대학에서는 총점을 1,000점 만점으로 환산해서 점수를 매긴다. 이렇게 되면 지원자 수능 평균이 일정 점수대에 고르게 분포하고 비슷한 수능 점수대에 학생들이 실기 점수 600점을 만점으로 하는 실기시험을 보게 되는데 실기의 편차는 아주 크다. 실기 점수대를 단순비교해서 A, B, C, D, E ,F로 나뉜다고 가정했을 때 A는 600~500점, B는 499~400점, C는 399~300점, D는 299~200점, E는 199~100점 F는 99~0점이 나오기 때문에 실기 점수의 한 등급의 격차가 100점 정도가 나온다는 이야기이다. 이렇다 보니 수능 만점자가 실기를 B나 C권대를 맞으면 수능 만점자보다 수능이 50점 정도가 부족한 학생이 A권대를 맞은 학생보다 1,000점 만점 기준으로, 총점에서는 많이 뒤처지게 되는 결과가 나온다.

수능 40% + 실기 점수 60%

1,000점 환산


A 학생 수능 400점 + 실기 300점= 총 700점

B 학생 수능 300점 + 실기 500점= 총 800점

C 학생 수능 250점 + 실기 560점= 총 810점


그래서 '학과 성적 관리도 중요하지만, 실기 관리는 더 중요하다.', '대학을 정하는 건 수능으로 정하고, 합격의 당락은 실기로 정해진다.'라는 말이 자연스럽게 나오게 되는 것이다.

실기시험이 있는 모든 예체능 학생들이 마찬가지겠지만 미대 입시에서는 공부보다는 실기를 잘해야 대학에 합격할 수 있다는 걸 학생이나 학부모들은 정확하게 인지해야 한다. 이런 설명에도 불구하고 아직도 미술대학은 '공부가 먼저다.', '공부만 잘해도 미술대학에 갈 수 있다'라는 신호를 준 것이 홍익대학교의 '학생부 종합 전형'이라고 본다. 홍대는 모든 학생을 학생부와 미술 활동 보고서, 그리고 면접을 통해서 선발한다. 미술 계열에서 가장 영향력 있는 대학이 실기 시험을 보지 않고, 또 이에 편승해서 다른 대학들도 많은 인원은 아니지만, 홍대와 같은 유사한 유형으로 학생들을 선발하다 보니 미대 입시를 아직 잘 모르는 학생이나 학부모들은 당연히 이런 생각을 할 수밖에 없다. 하지만 학과 성적으로만 학생들을 선발하는 전형은 극히 일부 대학과 일부 전형에서만 이루어지고 있고, 아직도 많은 대학에서는 수시와 정시에서 학생들의 실기 성적을 보고 학생들을 선발하고 있다는 걸 잊으면 안된다.

장 오노레 프라고나르(Jean-Honore Fragonard) '책 읽는 여자' 1770, 워싱턴 내셔널 갤러리 소장

다른 예체능 학생들로 비교해 본다면 음악대학의 피아노과 학생을 피아노를 치지 못해도 학과 성적만을 보고 선발하는 것과 같은 일이 벌어지는 것인데, 홍대나 다른 대학들에서 비실기로 학생들을 선발할 수

있는 근거는 비실기로 대학에 합격한 학생들이 그림을 전혀 그려 보지 않고 대학에 들어온 것이 아니라, 기초적인 미술적 소양을 배워 왔다는 확신이 있기 때문이다. 왜냐하면 비실기 대학을 준비하다가 수능 성적이나 내신 성적이 좋지 않으면 비실기로 선발하는 전형을 볼 수 없기 때문에 비실기로 선발하는 대학만을 바라보고 미대 입시를 할 수는 없기 때문이다. 또 대학에서도 전공수업을 진행함에 있어 실기적인 문제가 크게 발생하지 않기 때문에 이 전형을 유지하는 것이다.

수시냐, 정시냐를 쉽게 정할 수 있는 문제는 아니다. 자신에게 맞는 전형을 저학년 때부터 꼼꼼히 체크해 보고, 자신에게 맞는 전형을 차근차근 단계를 밟아가며 준비하는 것이 좋고, 실기를 늦게 시작해서 시간이 부족한 학생이라고 한다면, 자신의 학과 성적보다는 실기 성적을 기반으로, 어느 전형을 위주로 선택할지 정하는 것이 조금 더 현명한 방법일 것이다.

눈보다 손을
믿어라

요즘 학생들은 스마트폰을 손에서 놓지 않는다. 학생뿐만이 아니라 스마트폰에 막 눈뜬 아이, 어른, 남녀 할 것 없이 스마트폰은 생활필수품이 되었다. 예전에는 미대 입시에 관한 자료를 찾아보려면 월간《미대입시(midaeipsi)》와《아트앤디자인(art&design)》등등의 미대 입시 잡지나 학원이나 잡지사에서 정기적으로 발행하는 입시요강 책자가 전부였다. 하지만 요즘에는 포털사이트부터 시작해서, 블로그(blog), 유튜브(youtube), 인스타그램(instagram), 페이스북(facebook) 등 어디에서나 미대 입시에 관한 정보를 얻을 수 있고 빠르게 찾아볼 수 있다. 그리고 대부분의 미술학원에서는 1년에 1, 2회 정도의 입시 설명회를 자체적으로 진행하고 동영상으로 제작된 입시 콘텐츠들을 유튜브와 같은 다양한 동영상 플랫폼에 올려서 학생들에게 필요한 정보를 전달해 주고 있다. 이렇다 보니 미대 입시에 관한 전반적인 정보뿐만이 아니라 콘텐츠들을 확장해서 그림을 그리는 방법, 입시에서 출제되는 사물의 표현법, 대학에서 출제된 기출문제를 분석하는 방법 등 너무나 다양한 콘텐츠들이 온라인과 SNS를 통해서 접할 수 있게 됐다. 당연히 나도 그런 동영상을 제작해서 유튜브에 올리거나 개인 블로그에 동영상 링크를 걸어서 학생들에게 학원이나 개인 블로그를 홍보하는 수단으로 활용하기도 한다. 많은 학생이 예전에는 학원에서 선생님들이 직접 제작해서 나눠주는 자료나 잡지 책 그리고 디자인 편화 책 등을 활용했는데 지금은 본인 스마트폰으로 키워드 검색을 해서 본인이 원하는 자료를 찾아서 바로 보고, 본인 그림을 그리는 데 활용한다. 이때 학생들이 활용하는 그림이나 데이터의 수준은 아주 퀄리티가 높고 언제든지 다시 꺼내 볼 수 있고, 또 쉽게 삭제하고 다른 그림이나 데이터로 대체 할 수 있다. 예전처럼 무거운 책을 들고 다니거나 자신에게 필요한 자료들을 어렵게 구해서 스크랩하거나 개인 노트를 만들 필요가 없어졌다. 정말 놀라운 세상이다. 여기에 한발 더 나아가서 많은 미술학원에서는 홍보용으로 이런 콘텐츠들을 계속해서 만들어 온라인상에 업로드하고, 비용을 들여서 광고하고 있는 실정이다.

그런데 이런 미대 입시에 관련한 동영상 콘텐츠들이 스마트폰이 일반적으로 보급되고 온라인 활용도가 높아져서 새롭게 생겨난 것이 아니다. 약 15년 전부터 이런 작업은 꾸준히 있었다. 그림 그리는 방법이나 채색하는 방법, 스케치를 뜨는 방법 등을 동영상으로 찍어 1시간 내외로 편집해서 학생들에게 공급하고자 하는 시도는 계속되어 왔다. 그런데 일반 학생들이 많이 보는 동영상 강의-국어, 영어, 수학, 사탐, 과탐-에 비하면 흥행도 실패했고 필요성을 크게 못 느끼는 경우가 많다. 일방적인 강의형식을 취하는 다른 과목에 비해서 미술은 일방향 강의가 잘 통하지 않는 과목이다. 동영상 강의를 보고 있으면 '와~아 정말 잘 그린다.', '정말 쉽게 그린다.', '그럼 나도 할 수 있겠다.'라는 생각이 처음에 들다가도 막상 내가 직접 그림을 그리려고 하면 절대로 그렇게 되지 않는다. 눈은 영상의 수준을 충분히 따라가지만, 자신의 손은 그림 그리는 기술을 쉽게 흉내 내지 못하는 것이다. 그림을 어느 정도 배운 학생들을 모아서 쌍방향으로 수업하는 방식은 그래도 어느 정도 효과는 있다.

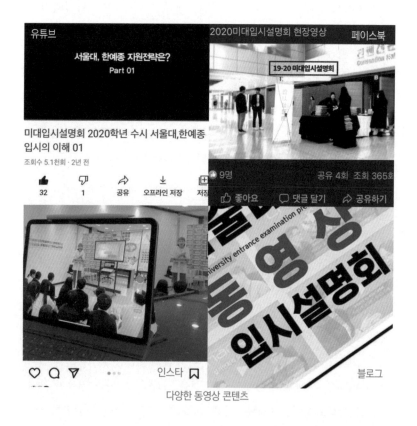
다양한 동영상 콘텐츠

예를 들어 코로나19(covid-19)가 한창일 때 많은 학교와 학원들에서는 온라인 수업을 개설했다. 학교에서는 학생들의 등교 시간에 맞추어서 온라인 플랫폼에 들어온 학생들을 출석 체크도 하고 선생님들이 준비한 수업내용을 강의하면서 대면 수업을 대체했다. 공부학원이나 미술학원 등에서도 온라인 수업을 개설해서 집에서 학생들은 공부나 그림을 그리고 쌍방향으로 선생님의 수업도 듣고 질문도 하는 방식을 취했었다. 특히 미술학원에서는 코로나 상황이 심각해지기 전부터 온라인 수업을 준비했다. 여러 학생이 수업을 함께 시작하고 화면으로 학생들의 그림을 학원에서 선생님들이 계속 체크와 지적을 해 주면서 수업을 진행했다. 그림을 그리는 중간중간에 학생들의 스케치와 채색을 직접 봐 줄 수는 없지만, 실시간으로 선생님들이 동영상 시범을 보이면서 설명해 주고, 그걸 보고 따라하는 학생들의 그림을 체크해 주는 방식을 썼다. 이런 온라인 수업으로 코로나-19의 어려운 상황 속에서도 학생들의 입시를 안전하고 큰 무리 없이 마무리했던 것이다. 이렇게 어느 정도 미술 실기를 배운 학생들을 모아서 일방향이 아닌 쌍방향 수업을 진행하는 것은 어느 정도 효과가 있고 검증을 거쳤지만, 일방적인 동영상 콘텐츠를 활용한 미술 수업은 큰 효과가 없다.

그림은 동영상으로는 해결되지 않는 과목이다. 그래서 학생들이 처음에는 온라인이나 SNS에 올라오는 동영상을 흥미 있게 보다가 결국 잘 보지 않게 된다. 아무리 열심히 집중해서 봐도 내 실기력이 향상되는 것과는 아무 관련이 없다는 걸 깨닫게 된다. 영상 속 시범자와 나의 현실과의 괴리가 너무 심하기 때문이다. 그 영상 속 시범자도 부단한 연습과 훈련을 통해서 그 정도 경지에 오르게 된 거지, 동영상을 보면서 실력을 키운 게 아니기 때문이다. 또 그림을 그리거나 입시에 관련한 설명을 해 주는 화면 속 전문가들도 그림을 그리다가 실수를 할 수도 있고 입시에 관련한 요강을 설명해 주다가 잘못된 정보를 이야기할 수 있다. 그러면 간단히 영상을 편집해서 실수한 그림을 다시 그릴 수도 있고, 잘못된 정보를 확인해 정정해서 다시 영상을 찍으면 된다. 이런 숨은 과정이 있기 때문에 우리는 완벽한 그림의 시범과 정확한 정보만을 얻을 수 있는 것이다. 한마디로 스마트폰 화면 속에서 보여지는 화려하고 정돈된 이미지와 냉혹한 현실은 다르다.

학생들은 다급한 마음에 가장 손쉽게 접할 수 있는 동영상 콘텐츠를 찾아서 본다. 학원들은 시대가 변하면서 인쇄물 홍보의 한계를 극복하기 위해서 수많은 동영상 콘텐츠들을 만들어 내고 돈을 주고 홍보를 한다. 이런 복잡한 상황이 뒤엉켜 있는 현실 속에서 우리 학생들이 취할수 있는 가장 현명한 태도는 다른 것이 아니다. 미술학원이나 그림을 그릴 수 있는 장소에 가서, 자신이 직접 그림을 그려 보는 것이다. 백번 듣는 것보다 한 번 보는 것이 낫고, 백 번 보는 것보다 한번 해 보는 것이 나은 것이다. 그게 가장 빠르다. 동영상 콘텐츠들을 보고 난 후에, 바로 자신이 직접 따라해 보는 것이 그래도 도움이 된다. 그게 아니면 그냥 눈요기로 무료함을 달래기 위해서 가끔씩 보는 걸 추천한다. 맹신하거나 의지할 필요는 전혀 없다.

그림을 그릴 때는 당연히 머리를 써야 하고 철저한 계획과 이성적인 판단도 필요로 한다. 하지만 우선적으로 그림은 몸으로 하는 일이다. 육체노동인 것이다. 본인이 의자에 앉아서 책상이나 이젤에 종이를 놓고 본인이 직접 그려 보지 않으면 그림을 그리는 방법이나 기술적인 깨달음을 얻을 수 없다. 아무리 천재적이고 소질이 많은 학생이라고 해도 이 과정은 누구에게나 똑같다. 그림을 가장 빨리 늘게 하는 방법은 본인의 손가락에 힘이 생길 때까지 꾸준하게 계속 그려 보는 것이 가장 현명한 방법이다. 더 이상의 고명한 답은 찾을 수 없고, 줄 수도 없다.

# 그림과 함께한
## 인연

미술학원에는 '보조 선생님'이라는 직책 혹은 직급이 있다. 미술학원에서 입시를 치르고 대학에 진학한 대학생들이 아르바이트로 학생들을 가르쳐 주는 일을 한다. 당연히 미술학원에는 대학을 졸업하고 강사를 직업으로 삼는 전임 선생님들이 있는데 그 밑에 실기업무를 보조해 주는 보조 강사를 지칭하는 말이다. 모든 미술학원에는 이런 보조 선생님들이 꼭 있다. 미술학원이 처음 생겼을 때부터 있었고 지금도 있다. 보조 선생님들의 장점은 방금 막 대학입시를 치러본 경험이 있는 사람이기 때문에 시험장의 생생한 경험과 가장 트렌디한 실기 노하우를 가지고 있다는 데 있다. 예를 들어 국민대 조형대학을 올해 입학한 학생 입장에서는 가장 최근에 국민대 실기의 경향과 기출문제에 대한 해석 능력, 그리고 대학 교수들의 채점 성향을 정확하게 파악하고 있다고 봐야 할 것이다. 왜냐하면 그런 여러 조건들을 통과해야 시험에서 합격할 수 있기 때문이다. 또 한 가지 장점은 미술학원에서 일하는 전임 선생님(대학 졸업자)에게 직접 실기를 배웠기 때문에 그 전임 선생님에게 최적화된 실기와 커뮤니케이션 능력을 가지고 있다. 선생님들마다 말하는 뉘앙스도 다르고 수업을 할 때 선택하는 단어도 다르다. 그런데 미술을 전공하고 미술학원 강사를 하는 대부분의 사람들의 목표점은 비슷하다. 좋은 그림을 만들어서 대학에 합격시키는 것, 그 좋은 그림의 기준들이 대부분 비슷하기 때문에 그 목표점이라는 게 학원이나 강사에 따라서 다르지 않다. 그런데 그 학원이나 강사가 표현하는 단어나 표현하는 뉘앙스는 다르다. 그러다 보니 결론은 같은데, 가는 방향은 조금씩 차이가 나기 마련이다. 이런 상황에서 보조 선생님이 전임 선생님과 다른 목소리와 다른 어구를 사용하면 학생들 입장에서는 혼란스러울 수 있다. 그래서 전임 선생님들은 본인이 가르쳐서 대학에 합격한 대학생들을 보조 선생님으로 채용해서 수업을 함께 하게 된다. 간혹 대학교 선생님들이 학생들을 가르치는 것에 대해서 의아해 하거나 부정적인 시선을 갖는 학생이나 학부모님들이 있을 수 있는데, 그럴 필요는 없을 것 같다. 대학생들이 가지고 있는 여러 장점이 입시를 준비하는 학생들에게 실질적인 도움이 되고, 전체 학생들의 방향과 실기지도를 전임 선생님이 주도적으로 이끌어가고 있다면 크게 문제될 것이 없다. 학원의 규모가 작아서 보조 선생님이 전체 학생들을 맡아서 수업을 진행하는 경우는 문제가 될 수 있는데 그렇지 않다면 크게 걱정할 일은 아니다.

　지금 한 학원에 원장을 맡고 있는 나도 보조 선생님 생활을 3~4년 정도 했었다. 당연히 내가 그림을 배우는 학창 시절에 나를 가르친 보조 선생님들도 많았다. 보조 선생님들과 입시생들은 나이가 많이 차이나지 않아서 대학에 들어가서는 형, 동생으로 아니면 친구처럼 지내는 관계로 발전하는 사람들도 많다. 나를 가르친 여러 명의 보조 선생님 중에 고3 때 소묘를 가르친 L 선생님이 있다. 그 시절에 동국대 조소과를 다니면서 선생님을 하셨던 분인데 그 시절에는 재수, 삼수는 아주 흔한 일이었고 더 오래 입시를 하고 미술대학에 가는 사람들이 많았기 때문에 1학년이라고 해도 나이 차이가 천차만별이었다. 대학에 가기 위해서 삼수를 했던 분이라 그림 실력 하나는 정말 끝내줬다. 외모도 아주 준수하고 남자다운 면이 많아서 당연히 학생이나 다른 선생님들 사이에서도 인기가 많았다. 특히 남학생들이 L 선생님을 많이 따랐고, 나도 잘 따르고 의지를 많이 했다. 한번은 석고소묘를 배우던 중에 다른 선생님이 봐 준 내 그림을 바로 이어서 L 선생님이 봐 주게 되었는데 스타일이 약간 다른 두 선생님이 아직 능력이 부족한 고3 학생의 그림을 잘 소화해 내기란 영 힘든 일이었을 것이다. 그러다 보니 난 수업 중에 내 그림을 가지고 투덜댔고, 그 투덜댐이 심해서인지 L 선생님에게 그 이야기가 전해졌다. 학교를 졸업하고 나중에 사석에서야 들은 얘기이지만 그 일 때문에 L 선생님은 스트레스를 많이 받았고, 나에게 조금 더 잘해 주려고 부단히 노력했다는 이야기를 듣고 한바탕 웃었던 기억이 난다. 고3 때 대학을 떨어진 후 재수를 시작하기 전에 L 선생님과 많은 이야기를 나눴고 대학을 떨어졌다는 핑계로 같이 술도 자주 마셨다. 아무리 미술학원에서 학생들을 가르친다고 해도 벌이가 시원치 않을 나이일 텐데도 불구하고 학원을 졸업한 학생들의 술과 밥을 챙기면서 항상 웃는 얼굴로 같이 지냈던 기억이 생생하다. 내가 재수를 할 때 L 선생님은 늦은 나이에 군대에 입대했는데 같이 재수를 하던 친구와 면회도 몇 번 가고 스승과 제자의 관계에서 형, 동생의 관계로 이어져 나갔다. 그러던 중에 내가 군대를 다녀오면서 연락이 끊기게 됐고 나도 내 개인사가 바빠, 따로 연락할 겨를 없이 시간이 지났다. 대학을 졸업하고 강사 생활로 자리를 잡고 있던 시기에 L 형님과 우연히 연락이 닿았고 같은 업종에서 일하고 있다는 걸 알게 됐다. 너무나 반가운 마음에 L 형님이 하시는 학원을 찾아간 적이 있었다. 서울. 동대문 쪽에 작은 학원을 운영하고 계셨고 이제 막 시작하는 학원이지만 학원의 분위기도 좋았고 형님의 얼굴이 너무 행복해 보여 안심도 되었다. 그래도 가까운 사람이 같은 업종의 학원을 하고 있으니, 동생 입장에서 마음도 든든했고 동주상구(同舟相救)의 마음도 생기니 당연히 자주 연락하고 학원가에 특별한 일이 생기면 만나서 이런저런 이야기도 하는 사이가 되었다. 서로에 지역에서 같은 일을 하던 중에 우연한 계기에 내가 L 형님이 운영하는 학원으로 자리를 옮기게 되었고 지금은 학원이 자리를 잡아 큰 학원 여러 개를 함께 운영하고 있다. 그 후에, 난 L 형님의 처제와 결혼해서 지금은 아들을 낳고 열심히 학원을 하며 살아가고 있다. 참 긴 인연이고 변화무쌍한 관계이다. 스승과 제자, 형과 동생, 직장 상사와 부하, 동서지간에 이르기까지. 이제 더 이상의 큰 변화는 없길 바랄 뿐이다.

사람 관계의 소중함은 강조하지 않아도 누구나 다 아는 사실일 것이다. 하지만 그 소중한 관계를 쉽게 생각하거나 닫힌 마음으로 보는 사람들이 많은 것 같다. 기분 상하는 일이 있다고 '이제 필요 없어', '안 보면 그만이지…' 이렇게 사람 관계를 쉽게, 쉽게 생각하는 사람들은 결국에 주변에 남는 사람이 없다. 사람 관계가 좋을 일만 있는 게 아니기 때문이다. 나한테 좋은 일이 있을 때는 주변 사람들도 나에게 다 좋은 사람으로 다가온다. 하지만 힘든 일이 있을 때나 어려운 일이 닥쳤을 때, 인생의 전환기를 맞이했을 때는 그동안 내가 어떻게 사람과의 관계를 생각하고 처신했는지가 여실히 드러나게 되어 있다.

레프 톨스토이(Lev Tolstoy, 소설가이자 사상가 1828.09.09~1910.11.20)가 《살아갈 날들을 위한 공부》에 이런 글을 남겼다.

사람은 사랑하기 위해 태어났다. 악기 연주하는 법을 배우듯 사랑하는 법도 배워야 한다. 다른 사람을 사랑할 때 두려울 것도 더 바랄 것도 없이 우리는 세상의 모든 존재와 하나가 된다. 열매가 자라기 시작하면 꽃잎이 떨어진다. 영혼이 자라기 시작하면 우리의 약한 모습도 그 꽃잎처럼 모두 사라진다. 가장 중요한 일은 나와 인연 맺은 모든 이들을 사랑하는 일이다. 몸이 불편한 이, 영혼이 가난한 이, 부유하고 비뚤어진 이, 버림받는 이, 오만한 이까지도 모두 사랑하라. 진정한 스승은 삶에서 가장 중요한 것은 '사랑'이라고 가르친다. 사랑은 우리 영혼 속에 산다. 타인 또한 자기 자신임을 깨닫는 것. 그것이 바로 사랑이다. 사람은 오직 사랑하기 위해서 이 세상에 태어났기 때문이다.

흔히 사람들은 우리 삶을 '우연의 연속'이라고 이야기한다. 우연히 같은 학원에서 스승과 제자로 만나서 우연히 학원을 함께 하고 우연히 동서지간이 되었다고 이야기할 수도 있다. 하지만 스승과 제자 사이에서 신뢰와 믿음이 없이 서로를 대했다면 형과 동생 사이로 발전할 수 없었을 것이고, 형은 동생을 따뜻하게 감싸 주고 동생은 형을 진심으로 의지하고 존중하지 않았다면, 직장 상사와 부하의 관계도 될 수 없었을 것이다. 또 학원에서 직장 상사의 지시와 채찍질을 겸손하게 받아들이지 않는 부하였거나 부하의 부족한 부분을 어루만지고 함께 노력하는 직장 상사가 아니었다면, 동서지간이 될 수 없었을 것이다. 결국 우리 삶은 '우연의 연속'으로 인과관계를 설명할 수 있는 것이 아니라, 사실은 우연을 기반으로 필연적인 인과관계를 만들어 내는 것이다. 우연이 내 삶의 필요충분조건이 아니라는 걸 깨달아야, 우리는 비로소 우리 주변 사람들에 대해서 조금 더 배려하고, 지금 내 옆에 있는 모든 사람이 얼마나 소중하고 존중해야 하는 존재란 걸 깨닫게 될 것이다. 이런 깨달음이 있어야 진정으로 내 주변 사람들과 소중한 인연을 만들어 가면서 살아가는 '人間'이 될 수 있다.

극복한다는 것, 이 생의 온갖 악과 추한 것을 딛고
승리자가 된다는 것.

─ 칼 힐티 ─

# 넓고, 길게
## 보는 지혜

미술학원에서 함께 근무하던 K 선생님이 한 분 계셨다. 서울에 있는 예고(藝高)를 나와서 대학에서 회화를 전공하시면서 미술학원에서 전임 선생님을 하셨다. 아주 꼼꼼한 성격에 조용조용한 말투와 점잖은 행동으로 항상 안정감이 돋보이는 선생님이셨다. 예고를 나왔으니 당연히 그림 실력은 우수했고, 학생들이 궁금한 점을 차분하게 조근조근 설명을 해 주니 학생들도 K 선생님을 믿고 따랐다. 그래서 나와 오랜 시간을 함께 근무했고 6년 정도를 같은 학원에서 일하다가 임용고시에 합격해서 안산 쪽에 있는 중학교에서 학생들을 가르치고 있다. K 선생님의 가장 큰 장점은 그림을 잘 그리는 것도 아니었고, 학생들에게 인기가 많아서도 아니었다. 다름 아닌 '성실함'이었다. 예고 출신답지 않은 '성실함'.

난 홍대를 나왔다. 홍대를 나왔다는 의미에는 여러 가지 의미가 내포되어 있지만, 그중 하나가 '예중(藝中), 예고와는 멀다.'라는 의미가 있다. 무슨 말인고 하니, 요즘 2020년도에 홍대를 들어가는 학생들은 전혀 나르지만, 내가 홍대를 들어갈 때만 해도 예고 출신들이 특히, 홍대

김인혜 '박제' 2016, 개인소장

디자인과를 들어오기는 쉽지 않았고, 예고 출신을 찾아보기도 힘들었다. 그 이유는 첫 번째는 수시 전형—수능 전에 학생들을 선발하는 전형—이 없던 시절에는 정시에서 가·나·다·군으로 나눠서 학생들을 선발했는데 항상 서울대와 홍대는 같은 군에 있었다. 같은 군에 있다는 얘기는 당연히 서울대와 홍대를 함께 볼 수 없다는 이야기이다. 한마디로 서울대를 볼 사람은 서울대만, 홍대를 볼 사람은 홍대만 봐야 했다. 요즘처럼 복수 합격을 해서 둘 중 하나를 골라 갈 수 없는 시스템이었다는 얘기다. 두 번째는 예고 출신 학생들은 일단 홍대보다는 서울대를 선호한다. '예고씩이나 나와서 당연히 서울대를 가야지' 이런 '문화' 혹은 이런 '고집'이 있었다. 그래서 서울에 S 예고를 나왔는데 홍대를 입학하면 약간 실패, 혹은 특이한 학생으로 비쳐질 수 있었다. 그런데 지금은 홍대에 예고 학생들이 많이 들어온다. 수시에서 학생부 종합 전형-미술 활동 보고서-를 보기 시작하면서, 그리고 서울대가 수시에서 학생들을 전원 선발하면서 서울대도 보고 홍대도 볼 수 있으니 당연히 서울대에 떨어진 학생은 홍대로 넘어오게 되었다. 미술대학의 입학 정원이 차이가 많이 나는 것도 하나의 요인이다. 서울대는 회화 계열, 디자인 계열을 합하면 100여 명이다. 거기에 반해 홍대는 서울 캠퍼스가 500명, 조치원 캠퍼스 300명, 총 800여 명을 모집한다. 이렇다 보니 서울대를 떨어진 예고 학생들이 홍대로 유입되는 건 당연한 일이다. (2022학년도부터 서울대가 다시 정시 나군으로 넘어가니 변화되는 추이를 볼 필요가 있다.)

홍대를 들어오는 예고 학생 수가 적다 보니 홍대는 예고보다는 일반고 학생이 주류를 이뤘고, 서울대는 예고 비중이 많은 편이었다. 극소수의 예고 출신들이 홍대에 있었으니 당연히 보는 시선이 좋을 리가 없었다. 그래서 '예고 애들은 건방지고, 잘난 척 해' 이런 말이 예전에는 있었다. 그러다 보니 내가 대학 생활을 하던 시기부터 이런 편협한 고정관념을 나도 가지고 있었던 것 같다.

K 선생님에게 대한 나의 첫인상도 그러했다. 예고 출신인데 얼마나 열심히 하겠어, 예고 출신이니 그림을 잘 그린다고 잘난 척하다가 오래 못하겠지, 그림 실력만 믿고 불성실하겠지. 라는 고정관념이 있었다. 나에 이런 예상이 당연히 빗나갔으니 함께 오래 일을 했을 것이다. K 선생님은 항상 성실히 수업에 나와 주었고 개인적인 일이 있을 때나, 대학원에 급한 일이 있어서 수업에 못 나오거나 빠지는 일이 생기면, 나중에 본인 스스로 조금 더 일찍 나와서 학생들을 체크해 주고 내

업무를 도왔다. 이렇다 보니 자연스레 다른 선생님들보다 수업도 많이 나오게 되고 함께 수업하는 시간도 늘어났다. 특히, 나는 디자인을 전공했고, K 선생님은 회화를 전공했기 때문에 서로에게 부족했던 부분을 보충해 주면서 함께 수업을 했고, 좋은 시너지가 발생했다. 그래서 K 선생님과 입시를 할 때는 입시 결과도 항상 좋았다.

미술을 처음 시작 하려는 학생이나 학부모님들은 이왕 미술을 시작할 거라면 예중, 예고에 들어가는 게 낫지 않나. 라는 생각을 한다. 결론을 먼저 얘기하면 반은 맞고 반은 틀리다.

내 판단은 이렇다. 회화 계열은 예중, 예고를 들어가면 좋다. 어차피 평생 작업을 하고 그림을 그리겠다는 게 목표인 학생이기 때문에 어렸을 때부터 그림을 그리고, 그런 학생들이 모여 있는 집단에서 커뮤니티를 형성해 나가는 건 나쁜 일은 아니다. 그런데 디자인을 전공하는 학생들은 본인 수준에 맞는 대학을 가면 그 후로는 그림과는 멀어지고, 디자인 업무에 필요한 프로세스와 약간의 드로잉 능력만 있으면 그만이다. 그러니 그렇게 오랜 시간 그림을 그릴 필요도 없고, 오히려 나중에 디자인 회사에서 하나의 구성원으로 일을 하는 데에 있어서 코드가 맞지 않아 피해를 볼 수도 있다. 예중, 예고를 가면 뭔가 특별한 것이 있을 거라 생각을 한다면 큰 오산이다. 그냥 예체능을 전공하려는 학생들이 많을 뿐이고 그런 학생들끼리 또 내신 경쟁을 하고, 대학에 대한 눈높이를 높일 뿐이다. 현실적인 미대 입시에서는 예고를 나오면 선택의 폭이 조금 넓어지는 건 사실이다. 학생부 종합 전형에서는 분명히 유리하다. 학생들이 학창 시절에 어떤 미술 활동과 교과 활동을 했는지를 판단하는 전형에서는 당연히 예고 학생들이 유리할 수밖에 없다. 하지만 학생부 종합 전형은 대부분 상위권 대학에 편중되어 있

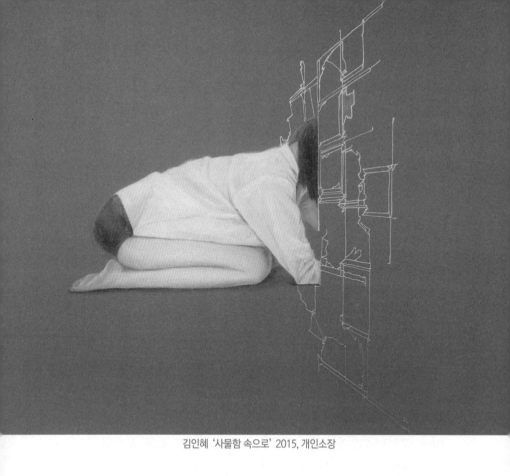

김인혜 '사물함 속으로' 2015, 개인소장

고 그 전형은 생각보다 준비해야 하는 스펙과 조건이 까다롭기 때문에 극소의 인원을 뽑는 학생부 종합 전형을 위해서 고등학교를 들어가는 과정부터 어린 학생들이 입시를 치러야 한다는 건, 너무나 큰 소모전이다. 예고 입시는 대입만큼의 비용과 시간을 투자해야 하고 성공보다는 실패할 확률이 높다. 전국에 미술대학은 넓게 분포되어 있지만, 예고는 전국단위로 32개 밖에 없고, 서울, 수도권에서 그 많은 미대 준비생들이 갈 수 있는 예고는 고작 11개이고, 서울은 2개 밖에 없는 실정이다. (위에 예고의 수는 국악고, 미술고, 애니고를 포함한 수이다.) 그러니 조금 더

김인혜 '배위의 배' 2016, 개인소장

시야를 넓게 가지고 길게 보면 예중, 예고에 대한 환상도 그리 오래가
지는 않는다.

예고에 대한 불확실한 환상이나 선입견을 미리 가질 필요는 없다. 자
신에게 맞는 고등교육과정을 잘 선택하는 것이 중요하고, 일반고에서
도 얼마든지 상위권 대학을 진학할 수 있고, 미술대학을 진학 하는데
전혀 어려움이 없다. 학창 시절에 고등학교를 선택하는 고민 때문에
시간을 낭비할 필요는 없어 보인다.

# 찾지 말고,
# 선택하라

내가 지금은 학생들을 가르치는 선생님이면서 한 학원을 운영하는 원장이지만 나도 미술학원에 다니면서 그림을 배우던 시절이 있었다. 아주 오래전 일이지만 아직도 생생히 기억하고 문득문득 그 시절이 떠오른다. 그때의 기억 때문에 한숨 쉴 때도 있고, 입가에 미소가 지어질 때도 있다. 그만큼 나에게는 소중했던 시간이었고, 불확실성에 대한 고민과 번뇌의 시간이기도 했지만 즐겁고 행복했었던 시간인 것만은 분명하다. 같은 미술학원에 다니면서 가깝게 지냈고 아직도 연락하고 지내는 6명의 친구 중에 나와 같이 재수한 친구가 한 명 있다. 함께 재수를 했으니, 당연히 실력이 부족했거나 욕심이 좀 과했을 거라는 생각이 든다. 어쨌든 그 당시에 친한 친구 중에 함께 재수하는 친구가 있으니 얼마나 위안이 됐겠는가. 대학에 먼저 가서 캠퍼스의 낭만과 자유를 누리는 친구들보다 조금 더 가까워지는 계기가 됐던 것 같다. 함께 재수를 했지만 재수 종합학원이나 미술학원을 같은 곳에 다니지는 않았다. 뭔가 같이 다니면 열심히 하지 않고 친구의 우정만 돈독해질 것 같은 불길한 생각이 마음 한구석에 자리 잡았나 보다.

지난하게만 느껴졌던 1년이 지나고 난 홍익대 금속 조형 디자인과에, 그 친구는 국민대 금속 공예과에 나란히 진학하게 됐다. 학과에 이름만 조금 다르고 공교롭게도 같은 전공을 다른 학교에서 하게 되었다. 같은 학교에 진학했으면 좋았겠다는 아쉬움도 있었지만 다른 학교에서 같은 전공을 배우고 있고, 워낙 가깝게 지내는 친구다 보니 당연히 서로의 지인들도 잘 알게 되고, 인간관계도 넓어져서 단점보다는 장점이 더 많아지게 되었다. 이 친구와 나는 나이를 먹으면서 알게 된 사실이지만, 서로 술을 좋아하고 전공 분야가 비슷해서 오랜 시간을 함께 했지만 생활 방식이나 관심 분야가 서로 너무나 다른 점이 많았다. 예를 들어 이 친구는 아주 활동적이다. 여행도 자주 다니고 우리나라에 이곳저곳에 있는 강과 바다를 누비며 낚시를 하는 것을 좋아한다. 하지만 난 여행을 좋아하지만, 여행지를 여기저기 돌아다니는 것보다는 한곳에 오래 머무르면서 그곳에 분위기를 느끼고 시간적인 여유를 즐기는 걸 좋아한다. 한마디로 빈둥거리면서 한량처럼 시간 죽이는 걸 즐긴다. 또 다른 점은 친구는 자동차 운전하는 걸 힘들어하지 않고 즐겨 한다. 아무리 피곤한 상황이 와도 운전을 다른 친구에게 넘겨주지 않았다. 그래서 젊은 시절에 친구들과 여기저기를 돌아다닐 때도 운전은 항상 이 친구의 몫이었다. 하지만 난 운전이 너무 싫다. 시간 절약과 추운 날씨에 걸어 다니는 게 싫어서 차를 가지고 다니지만 웬만해서는 걸어 다니고, 걷다가 어디 앉아서 책 보는 걸 즐긴다. 가장 큰 차이는 이 친구는 어릴 적에 아이스하키를 했을 정도로 운동을 좋아하고 다이내믹한 성향이 강했다. 하지만 난 운동을 아주 싫어한다. 이 세상에서 제일 싫어하는 게 스포츠 경기인데 1위가 야구, 2위가 축구, 3위가 낚시이다. 친구와 잘 맞지 않는 부분이 너무나 많았다. 상극 중에 상극이다. 친구라고 이야기하기에는 맞는 것이 거의 없는 관계인데도 불구하

김한주 '디자인 하우스 전시기획' 2014

고 이런 친구와 30년 가까이 가장 친한 친구로 지내고 있다니, 정말 아이러니하다.

난 대학을 졸업하고 학원계로 들어오면서 강사 생활을 본격적으로

김한주 '포마 자동차디자인 미술관' 2016

했지만, 이 친구는 대학을 졸업하고 대학원까지 맞춰서 미술학원의 친구 중에 가장 먼저 석사가 됐고, 당연히 졸업한 대학의 강의도 나갔다. 대학 강의를 쉬고 있을 때쯤 CJ그룹에 입사해 산업 디자인 영역에서 일하고, 잡지사인 '디자인하우스'에서도 몇 년 근무하다가 이제는 본인이 가장 하고 싶어 했던 인테리어와 금속 작업을 병행하면서 자유롭고 멋진 삶을 살고 있다.

같은 전공 쪽에 작업하는 친구 중에서 이 친구만큼 작업을 잘하는 친구는 많지 않다. 지금도 일과 관련한 작업을 열심히 하고 있지만, 떡잎부터 남달랐던 친구다. 내가 대학교 3학년 때의 일이다. 학교에 있다 보면 여기저기서 작업 의뢰가 들어온다. 일반적인 사람들이 만들 수 없는 것들을 물어물어 홍대 금속 조형 디자인과에 문의를 한다. 그럼 그중에서 인맥이 있거나 그런 쪽에 경험이 많은 학생들에게 작업문의가 가고, 학생 신분으로는 꽤 괜찮은 금액을 받고 그런 일들을 하게 된다. 작업을 의뢰한 쪽에서는 학생들에게 일을 맡기면 그만큼 비용 절감이 되는 이유도 있겠지만, 금속 작업도 가능하지만 디자인 감각이 있어야 작업 중에 의사소통도 원활하고 작업 자체가 조금 더 수준 있게 나올 수 있기 때문에 이런 의뢰를 많이 하곤 했다. 앞에서 언급했던 중앙일보 친구와 이런 일들을 많이 했다. CF 광고에 여자 연예인이 머리에 써야 하는 중세시대에 여왕들이 쓰던 느낌의 왕관과 그 분위기에 맞는 장신구를 만드는 일이 들어왔다. 금속 작업은 작업 계획을 잘 짜는 게 생명이다. 만지기 어려운 금속과 불을 써야 하는 일이기 때문에 작업 순서를 잘 못 짜면 나중에 큰 낭패를 볼 수 있고, 작업이 크게 잘 못되기라도 하는 날에는 작업을 처음부터 새로 시작하는 일이 발생할 수도 있기 때문에 작업을 들어가기 전에 작업할 재료와 작업 방법, 작업에 필요한 도구와 공구, 그리고 작업 시간표와 순서를 정확하게 짜고 작업을 시작해야 낭패를 보지 않는다. 낭패는 곧 클라이언트와의 계약

위반이니 그런 일이 생기지 않도록 일을 진행하는 게 이런 일에 노하우이다. 이런 노하우가 없으면 이런 외주 작업을 진행하기가 어렵다. 이번 일도 작업 계획을 잘 짠다고 짰는데 시간 계산이 잘못 돼서 마감이 당장 내일모레인데 작업이 끝날 기미를 보이지 않았다. 그래서 부랴부랴 같은 학년 후배 중에 주얼리 작업을 그래도 잘하는 동생을 섭외해서 인원을 보강했는데도 작업이 지체되고 있었다. 그러다 내일이 작업 마감일이고 우리에게 돈을 준 그 방송관계자와(client) 만나는 시간이 다가오는데도 작업이 마무리되지 않았다. 그런 와중에 작업 마무리에 불이(토치) 필요했다. 그런데 학교 실기실에는 토치를 저녁 6시까지만 쓸 수 있었다. 우리는 밤을 새워야 간신히 작업이 끝날 것 같은데, 작업이 진행될 수 없는 상황이 되어 버렸다. 아주 난감한 상황이었다. 일산에 작업실이 있던 이 친구가 생각이 났다. 전화해 자초지종을 설명하고 작업하던 짐을 잔뜩 내 차에 싣고 친구 작업실이 있는 경기도 일산으로 달려갔다. 늦은 밤 시간에 비까지 내렸던 걸로 기억한다. 그 작업실에는 내 친구, 내 친구의 안면 있는 후배 한 명, 내가 잘 아는 내 친구의 여자 선배, 그리고 '봉자'라는 강아지가 있었다. 홍대 금속 조형 디자인과 학생 3명이 국민대 금속 공예과 학생 작업실에 가서 작업 공간을 얻어 쓰는 이상한 장면이 연출됐다. 홍대 금속 조형 디자인과를 졸업한 선배들이 이 이야기를 들었다면 대노할 일일 것이다. 하지만 우리에게는 그런 걸 신경 쓸 겨를이 없었다. 며칠째 작업을 하던 터라 우리 셋은 지쳐있었고 시간은 자정을 넘긴 시간이었다. 보다 못했는지 친구가 '내가 좀 도와 줄까?!' 하고 옆으로 다가왔다. 피곤도 했고 친구가 워낙 작업을 열심히 잘하던 친구라는 걸 알고 있던 터라, 흔쾌히 내 몫의 작업을 친구에게 떠넘겼다. 그런데 결과는 놀라웠다. 가장 손이 많이 가는 왕

관의 두 면을 금속 땜으로 붙이는 작업이었는데, 면적이 넓고 곡선으로 되어 있어서 이 작업을 어느 정도 아는 사람들도 쉽게 할 수 없는 일이었고, 아주 어려운 부분이었는데도 불구하고 친구가 보란 듯이 아주 깔끔하게 한 번에 해냈다. 친구의 모습이 정말 놀라웠고, 대견했다. 그리고 내가 해야 할 일을 친구가 대신 해 주었다는 것도 기쁘고 행복했다. 행복한 기분과 함께 내가 이쪽으로 직업을 선택하기에는 이런 친구들한테 밀리겠구나, 하는 생각도 들게 했다. 그전에도 이런 생각을 들게 했던 사람들이 있긴 했지만 가까운 친구가 정말 노골적인 방법으로 나를 깨우쳐 준 것 같았다. 결과적으로는 아주 잘한 선택이었다. 하지만 그때 그 일을 마무리하고 난 이제 무슨 직업을 찾아야 하나, 라는 고민을 하게 한 일이기도 했다.

그 후로, 내 친구는 내가 또 다른 작업 의뢰가 있을 때나 졸업 후에 작업에 관련한 조언자 역할을 계속해 줬다. 친구는 작업을 일이면서 취미처럼 하는 것을 좋아했다. 본인이 하는 작업이 너무 좋고 적성에 맞는다고 생각했기 때문에 조급해 하지 않았고, 작업에 관련한 다양한 일들을 경험하는 것을 너무나 즐거워했다. 그러다 보니 자신의 역량 안에서 할 수 있는 또 다른 일에 도전했다. 그래서 산업디자인 영역에 제품 디자이너로서 일도 해 보고 잡지사에서 잡지사의 큰 행사업무와 관련 업체를 관리하는 관리직 업무도 경험했던 것이다. 본인의 노력과 의지만 있다면 직업이 바뀌는 것에 대한 불안감도 없었고, 그 순간순간 자신이 맡은 업무를 훌륭히 해냈고, 지금은 자신이 가장 좋아하는 일을 하고 있다.

김한주 '실내조형작업' 2020, 라군인테라스

　세상에는 자기가 좋아서 하는 일이 있고, 좋아하지는 않지만 잘해서 하는 일도 있다. 자신이 좋아하면서 잘하는 일을 만나기는 쉽지 않다. 그래서 대부분의 사람들이 좋아하지는 않아도 잘하는 일을 하는 것을 감사히 생각하며, 그 일을 본인의 평생 직업으로 삼고, 그 직업으로 돈도 벌고, 집도 사고, 결혼도 하고, 자식도 낳고 살아간다. 자신이 좋아하지도 않고, 잘하지도 못하는 일을 하면서 사는 것보다 얼마나 다행스러운 일인가. 이처럼 본인의 평생 직업을 찾을 때는 너무 빨리, 서둘러서 정하지 않았으면 좋겠다. 기회가 있을 때 최대한 많은 일을 경험해 보고 그중에서 가장 자신에게 맞는 직업을 선택하는 것이 후회도 없고, 오래 지속할 수 있는 비결인 것 같다. 오래 지속하는 것이 무조건 좋은 일은 아니지만 한 가지 일을 오래하면 그만큼 전문성도 생기고, 안정적인 직업을 유지할 수 있고, 우리가 흔히 얘기하는 '성공'할 가능성도 조금 더 생길 수 있다.

나에게 맞을 것 같은 일을 허겁지겁 찾아 헤매지 말고, 나에게 거쳐 가는 일들을 유심히 관찰하고 꼼꼼히 지켜본 후에, 이거다 싶은 일을 자신 있게 선택하자.

두려워하지 말고 겁내지 마라. 자신에게 맞는 일은 반드시 있다.

김한주 '조명디자인' 2013, 개인소장

# 그림 평가
## 노트

네덜란드 화가 빈센트 반 고흐(Vincent
van Gogh, 1853.03.30~1890.07.29)는 27살부
터 그림을 그리기 시작해서 37살에 권
총 자살로 죽기 전까지 900여 점의 작품
과 1,000점의 습작을 남겼다. 다른 유명
화가에 비하면 적은 것 같지만, 그가 살
아온 시간과 본격적으로 그림을 그린 기
간에 비하면 정말 많은 그림을 그린 화
가임이 분명하다. 10년이라는 시간 동

고흐

안 거의 그림에 미쳐있지 않고서는 이 정도 양의 그림이 나오기가 힘
들다. 고흐가 잠들기 전까지 고흐의 든든한 후원자였던 동생 테오(Theo
van Gogh)의 형에 대한 특별한 사랑이 지금까지 전해 오지만, 고흐의 그
림을 내가 직접 옆에서 봤다면, 나 또한 고흐의 후원자를 자청했을 정
도로 그의 그림은 매력이 넘치고 누구도 흉내 낼 수 없는 남다른 특별
함이 있다.

우리의 미대 입시 준비생들도 고흐처럼 단기간에 다작을 그리고 대학을 입학하게 된다. 고3을 기준으로 일주일에 평균 2장 정도의 그림을 완성한다고 봤을 때, 보통 일주일에 5일 수업을 하고 1년 중에 두 번, 여름 특강과 겨울 특강—수시 특강 기간은 제외—을 하고 나면 최소 200여 장의 그림을 그리고 대학에 들어가게 된다. 그럼 10년이면 2,000장의 그림이 나오는 셈이니, 고흐와 비슷한 수준의 장수가 된다. 지긋지긋한 입시 미술을 10년 동안 할 수는 없겠지만 만약에 시간과 그림 장수로 따지면 비슷한 결론이 나온다. 이렇게 많은 그림을 그려도 대학에 합격하지 못해 재수나 삼수까지 하는 학생들이 있다는 게 참으로 안타깝고 미안한 일이 아닐 수 없다.

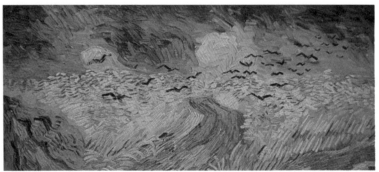

빈센트 반 고흐(Vincent van Gogh) '까마귀가 있는 밀밭' 1890, 암스테르담 반 고흐 미술관 소장

고흐처럼 마음에 병이 있어서 자신의 끼와 열정을 다 불사르지도 못하고 떠나야 했던 천재 화가의 안타까운 모습도 있지만, 그와는 반대로 신체적인 불편함을 이겨내고 자신이 하고자 하는 길을 찾아가는 학생을 만난 적이 있는데, 이 학생에 대해서 이야기해 보겠다.

이 학생을 처음 본 건 학생이 고3 가을쯤으로 기억한다. 학원에서 디자인 파트 부원장이었을 당시에 회화 파트 원장님이 수업을 맡고 계신 회화반이 있었다. 이 학생은 회화를 하다 보니 대학 선택의 폭이 좁아지는 것 같아서 디자인으로 전공을 변경해서 입시를 치르겠다는 것이었다. 그리 특징 없는 아주 단아한 모습의 이 여학생을 처음 봤을 때 난 당황하지 않을 수 없었다. 학생은 청각 장애를 가지고 있었던 것이다. 첫 대면에 청각 장애가 있는 학생을 만나니 어떻게 말을 시작해야 할지, 어떻게 입시에 관한 상담을 해 줘야 할지, 아니 어떻게 첫인사를 해야 할지조차도 몰랐다. 일단 기본적인 학생의 데이터를 원장님에게 전달받고 방법을 찾다가, 난 핸드폰에 문자로 하고 싶은 이야기를 쓰기 시작했다. 일단 숨통이 트였다. 그 학생도 이제 뭔가 됐다, 싶은 표정으로 자신에 핸드폰 문자에 내 물음에 대한 답을 쓰기 시작했고 본인이 궁금한 점을 문자로 물어봤다. 우여곡절 끝에 수업을 시작했다. 수업을 시작한 지 얼마 되지 않아서 이 학생의 어머니가 찾아와서 상담을 요청했다. 어머님은 죄송한 말투와 몸짓으로 이런 딸을 맡겨서 '죄송하다'라는 말을 여러 번 하셨다. 아이가 어렸을 때 심한 고열을 앓았는데 그 이후에 청각을 잃었고, 그래도 좋아하는 것이 그림이어서 계속 그림을 시켰다고 이야기하셨다. 학과 성적도 좋지 못하고 대학에 대한 큰 욕심은 없으니 전문대라도 좋으니 어디라도 갔으면 좋겠다는 말씀을 덧붙이셨다. 상담을 마무리하고 그때서야 안 거지만 청각 장애 학생들은 수능 듣기 평가도 들을 수 없고, 일반 학생들과 경쟁하는 수능 공부가 잘되지 않을 수밖에 없다는 것을 알게 되었다. 학생들을 10년 가까이 가르치면서 이런 것도 몰랐다는 게, 너무 미안해지고 창피한 생각이 들었다. 이 학생을 꼭 대학에 합격시키고 싶다는 왠지 모를 승부욕이 생기기 시작했다. 이 승부욕이 다른 학생들을 가르칠 때보다 두 배 이상으로 힘들게 할 거라는 걸 그때는 미처 알지 못했다.

미대 입시에 미술 수업은 일단 '설명-그리기-체크-평가' 이런 순서가 반복된다. 오늘 수업할 내용을 학생들 개개인의 수준에 맞추어 설명해 준다. 이 사물은 어떤 덩어리이고, 색감은 어떤 것이니, 어떻게 스케치하고, 마무리는 어떻게 하면 된다. 이런 주제는 어떻게 접근하는 게 좋으니 이렇게 스케치 떠 봐라, 이런 식으로 설명을 먼저 해 준다. 그다음 학생이 본인이 실력이 닿는 수준까지 그려 본다. 그리는 와중에 뒤에서 보고 있던 선생님들이 틀린 부분을 수정도 해 주고, 궁금한 점은 학생이 먼저 질문을 해서 최대한 신속하게 그림이 그려지게 한다. 이런 커뮤니케이션하는 시간까지 다 끝나면 학생들 그림을 함께 보면서 그림을 평가한다. 자신이 잘 그리는 것도 중요하지만 다른 사람의 그림을 보는 것 또한 아주 중요하기 때문에 다른 사람은 어떻게 그렸는지를 비교해 보고 나의 그림의 장·단점을 평가받는 시간이다. 이런 일련의 과정이 한 사이클로 돌아가면서 한 장의 그림이 나오게 되고, 이런 과정을 충분히 거친 학생들이 실제 시험장에서 혼자 그림을 그려 낼 수 있는 능력을 갖추게 되는 것이다. 그런데 이 학생은 말을 듣지 못한다. 그러니 그림을 시작하기 전에 설명을 같이 들을 수 없고, 수업 중간중간에 학생들 그림을 체크해 줄 때 체크 받기도 어렵다. 당연히 질문도 자유롭게 할 수가 없다. 본인은 수화로 얘기할 수 있지만, 수화로 소통할 수 있는 선생님이 없기 때문에 안타까움은 더해진다. 마지막으로 그림 그리는 것이 모두 끝난 후에 모든 학생들의 그림을 함께 평가하는 걸 듣는 것도 들을 수 없다. 정말 답답하고 미칠 것 같은 시간이다. 뭔가 더 잘해 주고 싶고 그림에 대한 이야기를 한마디라도 더 해 주고 싶은 마음은 간절하지만, 일반적인 학생들에 비하면 1/3도 못 해 주는 상황이 벌어지는 것이다. 여기에 이 학생이 본인의 장애에 대해서 창피해하기보다는, 다른 사람에게 나의 장애를 굳이 드러내고 싶지 않다는 생각을 가지고 있던 터라, 쉽게 다른 선생님들과 친해지기보다는 자신을 책임지고 있는 나에게만 질문하고 평가받기를 원했던 것이다. 이건 누구나 마찬가지일 것이다. 자신이 장애가 있다는 것을 여기저기 알리고 다니고 싶은 사람이 어디 있겠는가. 이렇다 보니 난 하루에 똑같은 이야기를 두 번씩 하게 되었다. 처음 한 번은 모든 학생에게 목소리로 이야기하고, 또 한 번은 이 학생 옆에 앉아서 노트에 글로 적어서 이야기했던 것이다. 미술학원 강사로서는 아주 특이한 경험이기도 했지만 정말 뿌듯한 일이기도 했다. 수능이 끝나고 겨울 특강 기간에는 정말 힘들었던 것 같다. 워낙 학생이 많고 해야 할 일들이 많은 시기였는데 한 번으로 끝날 일을 두 번으로 나눠서 해야 한다는 게 많은 에너지가 소모되는 일이었고, 내가 바쁠 때는 다른 선생님이 이 학생을 체크해 주면 좋을 것 같은데 이 학생은 다른 선생님이나 내 밑에 선생님에게는 말을 걸지 않았다. 내가 자기 옆에 오기만을 가만히 앉아서 기다리고 있었다. 가만히 기다리고 있는 모습을 보고 있으면 아무리 바쁘더라도 그 학생을 먼저 챙길 수밖에 없었다. 긴 겨울 특강이 끝이 나고, 이 학생은 서울에 있는 대학으로 진학을 했고 다른 해에 비해 유독 그해의 입시만큼은 왠지 모를 풍성함을 느꼈던 것 같았다.

사람은 어느 누구나 부족한 부분을 안고 태어난다. 루트비히 판 베토벤(Ludwig van beethoven, 1770. 12. 17~1827. 03. 26)은 음악가에게는 치명적인 청각 장애를 이겨 내고 바흐와 모차르트와 함께 음악 역사상 가장 위대한 업적을 이룩한 작곡가로 평가받는다. 앙리 마티스(Henri Matisse,

1869.12.31~1954.11.03)는 말년에 관절염을
심하게 앓아 붓을 들 수가 없을 정도였
는데, 붓과 자신 손을 묶어 그림을 그렸
고 이것도 여의치 않자 색종이를 가위로
오려 캔버스에 표현하는 평면화를 시도
했다. 이런 신체적 어려움에도 불구하
고 마티스는 야수파를 태동시킨 열정적
인 '색의 마법사'라는 칭호가 붙었다. 빈
센트 반 고흐(Vincent van Gogh)도 아주 늦
은 나이에 그림을 시작했지만, 그 짧은
기간 동안 어느 누구도 흉내 내거나 따
라 올 수 없는 빛과 색으로 자신을 표현
했고, 경제적인 어려움과 정신적인 삶의
무게 속에서도 열정적이고 강인한 붓 터
치로 자신의 감정을 표현했다. 그에 마
음에 병조차도 그에 천재성을 짓누르지
는 못했다. 이 학생도 자신이 가지고 있
는 부족한 부분을 부정할 수 없었고 누

베토벤

마티스

그림 평가 노트

군가처럼 떳떳하게 드러내고 그 부족한 부분을 이겨 내려고 하지는 못
했다. 하지만 자신의 부족한 부분을 인정하고 자신이 할 수 있는 범위
내에서는 최선을 다하려고 노력했고, 한 치의 불성실한 태도도 보이지
않았다. 그래서 이 학생도 자신의 삶 속에서 부족함이 있지만 작은 성
공을 이루었고, 앞으로도 작은 성공들을 이루어 갈 것이다. 성공하지
못해도 괜찮다. 학생의 내적인 성장을 위해서는 실패도 좋은 밑거름이

될 것이고, 이런 성장에는 사람마다 차이는 있지만 충분한 시간이 필요하니 너무 조급해 할 필요도 없을 것이다.

입시가 끝이 나고 겨울 내내 그 학생과 대화를 나누었던 여러 권의 그림 평가 노트는 흑연 가루와 물감 그리고 생활의 때가 묻어 아주 지저분해졌다. 합격을 하고 학원에 짐을 챙기러 온 학생이 그 노트를 버리지 않고 챙겨 가는 모습에 나도 모르게 눈시울이 뜨거워졌다.

미술로
사랑을
꿈꾸다

두려워해야 할 것은 육체의 부패가 아니라
마음의 부패이다.

― 아우렐리우스 ―

갖고 있어야

안전한 것들

미술을 처음 선택한 학생들의 부모님들은 '미술을 하면 먹고살기 힘들다.', '미술전공자는 취업하기 힘들다.'라는 생각을 먼저 떠올리시고 선뜻, 자신의 자녀의 의견을 적극적으로 지지해 주지 못하는 경우가 많다. 특히나 아들을 둔 부모님들은 '남자가 미술을 해서 뭐하게'라는 선입견이 너무 강하고, 미술은 여자아이들이나 하는 것 아닌가 하는 옛날 생각에 사로잡혀 있다. 이렇다 보니 자신의 아들을 미술학원에 보내는 걸 상당히 꺼려하시고, 딸 가진 부모님보다 걱정을 더 많이 하시는 게 사실이다.

부모님의 걱정이 맞다. 미술을 전공하는 건 쉬운 일이 아니다. 그림도 그려야 하고 공부도 함께 해야 한다. 그림 실력은 모든 학생이 똑같은 속도와 수준으로 향상되는 것이 아니고 학생의 성향이나 집중력의 차이에 따라서 향상의 수준이 다르게 나타난다. 당연히 그림을 좋아서 시작한 학생들이다 보니 그림 실력이 눈에 띄게 향상되지 않으면 스트레스를 받고, 더 잘하고 싶은 마음에 실기 시간이 늘어나고 실기에 매달리게 된다. 그래서 그림에 투자하는 시간이 많아질수록 성적이 떨어질 가능성이 높다. 성적이 떨어지면 상위권 대학에 갈 수 없으니 이때부터 부모님과 학생 간의 갈등이 시작된다. 하지 말라는 미술을 해 가지고 잘하던 성적은 떨어지고 그림 실력은 불안하고 '너 이제 어쩔래?'라는 말을 부모로서 하기는 싫지만, 입 밖으로 뱉어 내는 시점에 접어든다. 이 말을 들은 학생은 자존감은 땅에 떨어지고 자괴감마저 들게 된다. 자기 딴에는 열심히 한다고 했는데 부모님에게 그런 말을 듣고 나니, '내 선택에 정말 문제가 있었나.', '내가 하지 말아야 할 것을 시작했나.'라는, 지금까지는 그렇게 생각하지 않았고 자신에 선택에 대한 확신은 아니더라도 즐겁게 해오던 일에 대한 불안과 불신이 타인에 의해서 마음속 한 곳에 싹트게 되는 것이다. 입시를 준비하는 예민한 시기에 학생들에 이런 상처는 오래가게 된다. 예민한 시기에 약해져 있을 대로 약해져 있는 학생들의 마음에 아주 얇고, 예리한 칼로 낸 상처는 오래가는 법이다. 더 심한 경우는 중도에 미술을 포기하게 되는 학생들도 있는데 이런 학생들은 자신이 어렸을 때 꿈꿔 왔던 꿈을 방해받았다거나 끝까지 해보지 못하고 이루지 못했다는 실패의 경험을 타의에 의해서 갖게 되기 때문에, 살면서 언제고 그 문제가 튀어나오게 되고 뒤늦게 다시 미술에 대한 열망을 꿈꾸게 되기도 한다.

지금 시대에도 이런 문제가 있는데, 내가 미대 입시를 준비하는 시절에는 오죽했겠는가. '미술을 하면 굶어 죽는다.', '남자가 미술을 해서 뭐에 써먹으려고 하니.', '미술을 하면 돈이 많이 들어서 안 된다.' 등등, 되는 이유보다는 안 되는 이유가 너무 많아서 미술을 시작하는 게 쉽지 않은 일이었고, 특히 남학생들은 그 부정적 시선이 여학생들보다 배 이상은 많았다. 가뜩이나 그림 그리고 공부도 함께해야 하는 학생 입장에서는 힘들어 죽을 것 같은데 이런 소리까지 주변에서 들어야 하니 정말 맥이 빠진다.

부모님들의 입장도 이해는 간다. 어느 부모가 자식이 잘못된 길을 가길 바라겠는가. 부모 입장에서는 어느 것 하나 쉬워 보일 게 없는 미술을 시작하겠다는 자녀를 걱정하는 것은 당연한 일이고, 때에 따라서는 도시락을 싸 들고 말리고 싶은 심정이 들것이다. 부모가 자식을 걱정하는 마음이 당연하듯, 자식이 부모의 의견보다는 자신이 하고 싶은 일을, 자신 스스로 찾는 것도 당연한 일일 것이다. 그렇다면 미술을 전공하겠다는 자녀를 둔 부모님은 어떻게 대처하면 좋을까를 알아보자.

## 첫째, 시간 여유를 갖고 자녀의 이야기를 들어 본다

'뭐, 미술을 한다고?!' 평온한 가정에 폭탄을 터트린 느낌이 들 수도 있다. 자녀가 폭탄을 터트렸다고 해서 부모까지 폭탄으로 맞대응할 수는 없지 않은가, 일단 자녀가 왜 그림을 그리고 싶어 하는지, 그림을 배워서 어떤 전공을 하려고 하는지, 그걸 이루기 위해서 어느 정도의 마음가짐이 되어 있는지 등을 대화를 통화서 확인해 보는 시간을 갖는 것이 시작일 것이다.

어린 자녀가 TV에서 나오는 유명인의 멋진 모습만을 보고 충동적인 생각을 했다면 그에 대한 보이지 않는 실상을 낱낱이 전달해 줄 준비를 해야 한다. TV에서 나오는 스타 문화인들의 모습은 고생하고 힘들었던 모습보다는 성공한 모습에 초점을 잡아서 방송을 내보내기 때문에 뭐든지 다 화려해 보이고 누구나 쉽게 할 수 있을 거라는 인상을 주기 마련이다. 그러니 화려한 그 이면에는 어떤 것들이 있는지에 대해 이야기해 주고, 부모님이 모르는 것이 있다면 공부를 하거나 지인들에게 문의를 해서 대응할 수 있는 논리를 만들어 놔야 할 것이다.

자녀가 구체적으로 미술대학에 들어가 어떤 전공을 하고 싶고, 미대 입시에 대한 어느 정도의 마음가짐을 가지고 있는지 확인해 봐야 한다. 왜 이 전공을 선택하게 됐는지, 그 전공에 대해서 얼마나 알고 있는지, 이 전공을 하기 위해서 필요한 것은 무엇이고, 이 전공을 위해서 어느 정도의 힘든 과정과 남다른 노력이 필요한지에 대해서 자녀의 마음 가짐을 확인해 보는 게 좋을 것 같다. 자녀의 마음가짐을 확인하는 방법은 그리 어렵지 않다. 자녀와 충분한 대화를 해 보면 쉽게 알 수 있다. 자신이 정말 좋아하는 것에 대해 쉽게 얘기하거나 아무 사전 지식 없이 즉흥적으로 대답하는 것을 믿기는 힘들 테니 말이다. 부모와 자녀가 이런 숙려기간을 거치지 않고 무턱대고 시작하면 반드시 부모와 자녀가 트러블이 생기거나 학생이 중도에 포기하는 일이 생긴다.

이렇게 자녀와 충분히 대화하는 시간을 갖지 않으면 자녀가 하자는 대로 끌려갈 수밖에는 없다. 아무 저항 없이 끌려갈 거라면 처음부터 반대하지 말고 찬성하는 편이 나을 수 있다.

## 둘째, 시작하기로 했다면, 목표와 준비해야 할 것들을 함께 알아 본다

미술을 시작하기로 결정했다면, 이제 미대 입시에 대해서 학생과 학부모님이 함께 알아가는 과정이 필요하다. 학생만 알고 있으면 나중에 입시가 임박해지면서 부모님은 소외되기 일쑤다. 자녀 입장에서는 부모님이 아무것도 모르면서 참견한다는 인상을 주게 될 것이고, 부모님 입장에서는 그래도 내 자녀가 대학을 가는데 어디 대학을 가는지, 어느 대학을 지원시켜야 안전한지, 미술은 어느 정도 하는지에 대해서 알고 싶은 건 당연한 일인데, 그동안 아무 관심이 없었거나, 아무것도 모르는 상태에서 부모님의 의사가 반영되기만을 바란다면 나중에 백 프로 싸움으로 이어진다. 처음에 그림을 배우기 시작할 때 미대 입시 유형이나 자녀가 희망하는 대학과 현실 가능한 대학 등을 함께 알아보는 것이 좋다. 미술학원을 선택하는 문제는 앞에서도 언급했지만 여러 가지 상황을 고려해 가면서 꼼꼼히 알아보고 최종 결정을 할 때는 학생과 함께 미술학원에 방문해서 함께 상담을 받아 보고, 서로의 의견을 충분히 검토한 후에 정하는 것이 좋다.

## 셋째, 그림과 학과 관리가 잘 병행되고 있는지 파악한다

부모님들은 바쁘시다. 회사 다니느라 바쁘시고, 사업하시느라 바쁘시고, 돈 벌기에 바쁘시다. 항상 바쁘신 부모님이 자식이 학교 다니고 학원 다니는 것까지 신경 쓰기가 참 힘들다. 맞벌이를 하시는 분들은 더 힘드실 거다. 그렇다고 해서 자식이 알아서 하겠지. 혹은 학원에 보내 놨으니 학원에서 알아서 해 주겠지 하면, 나중에 당신이 생각했던 수준에 대학에 진학할 수 없다든지, 대학에 합격하지 못했을 때의 충격은 아주 크다. 이뿐만이 아니라 자식 입장에서는 학원비만 내 주고 나한테 관심 없던 엄마, 아빠가 그동안의 나의 노력에 대한 결과물만 가지고 나를 심판하러 오시는 것처럼 느껴질 수 있다. 우리의 자녀들은 그 비싼 학원비를 내 주는 것 자체가 얼마나 큰 사랑인지 아직 알지 못한다. 부모로서 정말 슬픈 일이다. 그러니 자녀가 공부는 어느 정도 수준인지, 그 수준에서 갈 수 있는 대학은 어느 정도 인지, 실기 수준은 어느 정도 되는지, 등등을 체크해 두는 것이 좋다. 이런 체크는 미술학원에서 하면 된다. 요즘 미술학원은 학생의 학과 관리에서부터 실기 관리, 생활기록부 관리와 봉사 활동과 동아리 활동까지를 다 확인하고 기록해 놓고 있다. 부모님한테 보여 주지 못하는 내신 성적이나 모의고사 성적표를 학원 선생님들은 가지고 있다. 그러니 성적표를 보여 주지 않는 자녀가 있다면 미술학원에 담당 선생님에게 문의하는 것이 가장 빠를 것이다.

### 넷째, 전문가의 컨설팅을 받아 입시에 대한 방향을 잡는다

주변에 지인이나 인터넷에 올라오는 정보보다는 전문가에게 직접 컨설팅을 받아 보는 게 좋다. 학교에서는 예체능에 대해서, 미대 입시에 관해서 전문가라고 할 만한 선생님이 없다. 선생님들이 먼저 미술학원에 가서 대학을 정하고 그 다음에 자신에게 이야기해 주라고 하신다. 이해는 간다. 학교에서는 학생의 내신 성적이나 수능 모의고사 성적만 알고 있지, 실기 성적에 대해서는 자세히 알지 못한다. 실기 성적이 합격의 당락을 결정하는 미대 입시에서 실기 성적을 빼고 입시 상담을 한다는 것은 어불성설(語不成說)이니 학교 선생님들 입장에서는 그럴 만하다. 미술학원 입장에서는 차라리 고맙게 느껴진다. 잘 모르시는 선생님이 이상한 말씀을 하시면 설명하기도 어렵고 학생들이 헷갈리기 때문이다.

요즘 미술학원들은 최소한 상반기, 하반기 나눠서 진학 상담을 한다. 당장 입시를 코앞에 둔 고3 학생들은 언제든지 미대 진학에 관한 컨설팅을 받을 수 있다. 학원에서 언제부터 언제까지 상담을 진행하니 예약을 하시라든지, 문자로 발송된 링크에 접속하게 되면 예약 시스템으로 넘어가서 상담 예약을 손쉽게 할 수 있는 시스템이 다들 갖추어져 있다. 그럴 때 상담을 받으면 충분하고 고3이 되면서부터는 좀 더 자주 받거나 궁금한 점을 그때그때 물어보면 금방 해결된다.


## 마지막으로 기다린다

미대 입시를 하고 있는 자녀를 지켜보는 부모 입장에서는 우리 자녀가 잘하고 있는 건지, 실기가 왜 잘 안 되는지, 확실히 대학을 갈 수 있는지에 대해서 궁금하고 불안한 마음이 들 것이다. 그렇지만 직접 공부를 하고, 직접 그림을 배우는 자녀들 입장에서는 본인도 눈에 보일 정도로 팍팍 오르지 않는 성적 때문에 답답할 것이고, 매일 그림을 그리는데도 실기력 향상이 더딘 것 같아서 스트레스를 받을 것이다. 누가 더 힘이 들 것 같은가. 조금만 마음의 여유를 갖고 기다려 주자. 이 세상에서 가장 힘든 사람은 우리가 아니라 우리의 아들, 딸이라는 걸 명심하자.

자녀가 미대 입시를 하겠다고 했을 때, 부모님들이 자녀를 배려하고 조금 더 긍정적인 결과를 만들어 내기 위해서 부모로서 마음을 다잡는 것도 중요하다. 하지만 그것보다도 먼저 생각해야 할 것은 학생 스스로 하고 싶은 것이 생겼다는 것만으로도 그 학생은 한발 앞서가 있다는 것이다. 학생들을 가르치다 보면 본인 스스로 무엇을 좋아하는지,

하고 싶은 게 뭔지도 모르는 학생들이 너무나 많다. 공부를 딱히 잘하는 것도 아니고, 운동이나 다른 분야에 관심을 보이는 것도 아니고, 뭐가 좋다, 싫다 말이라도 하면 좋은데 아무 말이 없다. 정말 미치고 환장할 노릇이다. 이런 학생들의 부모님은 자신의 자녀가 특출하게 무언가를 잘하기보다는 발전적인 뭐라도 했으면 좋겠다는 생각을 간절히 하게 된다. 그런데 자신이 하고 싶은 일이, 그림을 그리는 일이고 그걸 가지고 대학에 들어가서 직업을 선택하겠다고 하니 일단 안심할 일이 아니겠는가. 또 부모가 아무리 걱정하고 당신의 의견을 관철시키려고 해도 결국 자식은 자신이 하고 싶은 일을 찾는다. 그리고 자신이 찾은 일을 하고 있을 때 가장 행복하다. 자식이 행복해 하는 모습을 보기 위해서 걱정을 하는 것인데 지금 자식이 그림을 그려서 행복하다는데 말릴 이유가 있겠는가.

로마 시대의 스콜라 철학자 보에티우스(Anicius Manlius Boethius 475년 또는 480년~524년 또는 525년)는 그가 쓴 《철학의 위안》에서 이런 말을 했다.

> 의지의 자유는 존재한다. 이성을 지닌 존재에게는 본성적으로 의지의 자유가 있고, 의지의 자유가 없는 이성적 존재하는 것은 없다. 본성적으로 이성을 사용할 수 있는 존재는 판단하고 분별할 수 있는 능력도 지니고 있어서 모든 것을 자신의 의지에 따라 결정할 수 있고, 자기가 피해야 할 것들과 자신에게 바람직한 것들을 구별할 수 있기 때문에, 인간은 자신에게 바람직한 것이라고 판단한 것들을 추구하고, 피해야 할 것들이라도 판단한 것으로부터 도망친다. 그러므로 이성을 지닌 것들은

모두 그 자신 속에 의지의 자유를 지니고 있어서 이것을 원하거나 저것을 원하지 않을 수 있지만, 이 자유는 모두에게 똑같은 정도로 존재하는 것은 아니다. 신적 실체를 지닌 하늘에 속한 존재들은 모든 것을 꿰뚫어 보는 분별력과 손상되지 않은 의지와 자신이 원하는 것을 이룰 수 있는 능력을 소유하고 있다.

우리의 부모님 세대, 혹은 이제 기성세대가 되어 버린 우리의 기준에서 자녀들을 바라보기보다는 자녀가 이성을 지니고, 자신의 자유의지로 무엇이든 선택할 수 있고, 그 선택이 자신에게 바람직한지 아닌지를 구별할 수 있는 능력을 갖추었다고 믿어 주어야 한다. 왜냐하면 우리의 부모님을 보고 자란 우리도, 우릴 바라보고 자란 우리 자식도, 자신이 원하는 더 나은 삶을 살아갈 권리와 자유가 있기 때문이다. 그리고 그 '더 나은 삶'의 기준은 우리가 정하는 것이 아니라 자녀 스스로 정하는 것이다. 그런 우리 자녀들의 시선에서 자녀들이 정말 하고 싶어 하고, 원하는 것이 무엇인지 함께 바라봐 주고, 능력이 닿는 범위 내에서 도움을 줄 수 있도록 노력해 보는 게 부모님들의 최선의 선택이며, 최후의 선택이 아닐까 싶다. 우선 욕심부터 버리고.

미술은 우리를
굶기지 않는다

직장이 없으면 당장 월세며 생활비 걱정을 해야 하는 게 현실이니, 아무리 워라밸을, 욜로를 쫓고 싶어도, '더 이상은 못 하겠다!'며 아무리 다짐해도 월요일이면 또다시 전쟁터로 나가는 사람들… 회사뿐만 아니라, 일하는 우리 모두는 각자의 최전선에서 하루하루 프로생업러의 삶을 이어가고 있다. 그래서 궁금해졌다. 다른 직업군의 삶에는 또 어떤 애환이 있을까?

요즘 재치 있는 글과 인간미 넘치는 그림으로 대중에게 사랑받고 있는 '그림왕양치기' 양 작가가 자신의 책 《잡다한컷》(2018)에서 한 말이다. 나 같은 세대는 '미술을 하면 굶어 죽는다.'라는 말을 듣고 살았다. 굶어 죽지는 않더라도 '미술을 해서 뭐 먹고 살려고 하니', 라는 질문을 많이 들었다. 그런 질문을 들을 때마다 미술 전공을 꿈꾸는 학생들은 '정말 그런가?'라는 의구심과 좌절감을 맛보게 될 것이고, 사회에 나간 미술인들은 더 큰 꿈을 꾸지 못하고 지금 현실에 만족하거나 반강제로 현실에 안주하도록 세뇌당하는 꼴이 되는 것이다. 미술에 대한 이런 부정적인 이미지가 덧씌워진 이유가 무엇인지를 명확하지는 않지만, 미술이 가지고 있는 폐쇄성과 경제적인 측면을 들 수 있을 것 같다. 미술의 폐쇄성이 현대에 접어들면서 미술의 분야가 회화나 조각에 그치지 않고 디자인과 패션 등 다양한 분야로 넓어진 현실을 반영하지 못하는 한계에서 비롯된 게 아닌가 싶다. 미술이 일반 사람들에게 부정적인 인식을 갖게 한 경제적인 요인도 아주 큰 역할을 한 것 같다. 모든 예체능 영역이 비슷하지만, 예체능으로 큰 경제적인 부를 누리는 사람이 많지 않았다는 것이 가장 중요한 요인일 것이다. 요즘엔 스포츠 스타와 팝스타들이 자본주의와 결합하면서 천문학적인 연봉과 부를 누리고 있지만, 이런 변화도 요 근래의 일이다. 하지만 아직도 미술 분야에 종사하는 사람들이 부와 명예를 누리고 있다는 뉴스를 듣는 일은 그리 흔치 않고 특히 우리나라의 경우는 아직 미개척 분야의 일처럼 보인다.

세계에서 가장 비싼 그림은 레오나르도 다빈치(Leonardo da Vinci, 1452. 4.15~1519.5.2)의 '살바토르 문디'(1500)로 한화로 약 5,300억의 가격이 나가고 현존하는 작가의 그림 중에 가장 비싼 그림은 데이비드 호크니(David Hockney, 1937.07.09~)의 '예술가의 초상'(1972)이 한화로 약 893억의 가격이 나간다. 대부분의 비싼 그림들은 작가의 사후에 평가를 받는 그림이 대부분이기 때문에 경제적인 혜택을 받지 못하고 아쉽게 이 세상을 떠날 수 있는 것이고, 살아있는 동안 유명세를 떨친다 해도 아주 극소수의 작가들만이 이런 부와 명예를 누리고 있으니, 일반 대중들이 미술에 대한 부가가치가 얼마나 높고 비전 있는 영역인지 알지 못하는 것이다.

레오나르도 다빈치(Leonardo da Vinci) '살바토르 문디' 1500, 아랍에미레이트 문화관광청 소장

양경수 '자화상' 2001, 개인소장

이런 현실 속에서 당당히 그런 편견을 뚫고 앞으로 나아간 사람이 바로 '그림왕양치기' 양경수 작가이다. 이 작가는 2014년 '붓다아트페스티벌 만화로 만화(卍話)하다'라는 전시를 시작으로 환우분들을 위한 만만한 카툰展(2014), 붓다와 썸타요(2014), 만두전 卍do展(2014), 상상이상(2015), 마이단스 페스티벌 비주얼아티스트 부문(2015), THE BUDDHA 전(2016), The B, be, 比(2016), 理MAKE 전(2016), 양경수+양치기=그림왕(2016), 쏘셜력 날개를 달다(2016) 등의 많은 전시를 열어서 자신의 이야기를 그림으로 표출했고, 《아, 보람 따위 됐으니 야근수당이나 주세요.》(2016), 《실어증입니다, 일하기싫어증》(2016), 《잡JOB 다多 한 컷》(2018), 《대한독립, 평범한 사람이 그곳에 있었다.》(2020) 등의 짧은 기간 동안 적지 않은 책들을 통해서 자신이 그림 그리는 사람으로서 하고 싶은 이야기들을 그림과 글로 사람들에게 전달했다. 그의 작품들은 지금까지와는 조금 다른 양식의 전시와 글이었다. 그는 서양화를 전공했으나, 전시의 밑거름이 된 것은 그가 웹툰이라는 장르를 통해 터득했던 하고 싶은 이야기를 글과 그림으로 함께 보여 주는 방법이었다. 특히 KBS 드라마 〈김과장〉(2017)에서 드라마 오프닝과 엔딩 크레딧을 담당하면서 유명세가 더해졌고 많은 사람의 관심과 사랑을 받게 됐다.

양 작가는 직장인과 노동자, 지금을 살아가는 약자들, 요즘 말로 '을'들의 이야기를 자신의 그림과 누구나 공감할 수 있는 짧은 글로 대변해 주고 함께 소리쳐 주고 있다. 특히나 그의 '아, 보람 따위 됐으니 야근수당이나 주세요.'라는 발언은 월급을 받아서 생활해 본 사람이라면 누구나 공감하고 무릎을 '탁' 칠 만한 이야기가 아닌가 싶다. 지금은 많이 달라졌고 거의 없어졌지만 미술학원에서도 이런 일들은 많았다.

양경수 '녹원전법상' 2014, 디지털작업

미술학원이라는 곳이 무한경쟁을 하는 곳이라 어떻게 하면 학생들의 그림을 좋게 만들 수 있을까, 학생들의 그림을 빨리 늘게 하는 방법은 뭘까, 라는 고민을 항상 해야 하는 곳이기 때문에 선생님들의 실력과 상대적인 경쟁력을 증대시키는 데 혈안이 되어 있는 곳이다. 그러다 보니 내가 강사 생활을 한참 하던 때만 해도 일주일에 한 번은 공식적인 '야간작업'이 있었고, 때에 따라서는 수시로 진행하는 야간작업도 있었다. 이 '야간작업' 명목은 이렇다.

'우리가 학생을 가르치는 선생님이고 학생들을 합격시켜야 학원이 존재하는 것인데, 그러려면 선생님들이 그림 실력이 좋아야 하고, 학생들의 실력 향상을 도모하기 위해서는 그림 연구가 필수적이니 수업이 끝나는 밤 10시 이후에 남아서 그림 연구를 함께하자.'이다. 명분과 이유는 너무 그럴싸하다. 수업이 끝나는 밤 10시부터 시작해서 다음 날 새벽 5시나 6시까지 매주 금요일마다 학생들이 수업하고 간 실기실에 모여 앉아서 그림을 그렸다. 야간작업을 진행하는 형식은 미술학원마다 다를 수 있지만, 대부분의 미술학원들에는 연구작을 하는 시간이 있었다. 이 시간에 그린 그림을 가지고 한 달에 한 번 혹은 분기별로 선생님들이 모여서 품평회를 열었다. 다른 선생님들이 그린 수준 높은 그림들을 보고 감탄사를 연발하기도 하고, 나의 그림은 무엇이 문제인지를 비교하면서 자책과 고민의 시간을 갖기도 했다. 이런 보이지 않는 경쟁을 해야 하니 일주일에 한 번, 금요일 저녁에 마무리되지 못한 그림은 다른 날 새벽으로 이어질 수밖에 없었다. 난 이 생활을 10년을 했다. 강사 초창기에 내가 학원에서 간이침대를 펴고 잔 날을 계산해 보니 1년에 6개월 정도를 학원에서 먹고 자고를 했다. '야간작업'을 하는 날도 집에 가지 못하고 여름 특강이나 겨울 특강 때도 집에 가지 못했다. 그만큼 그림 그리는 것이 좋았고 학원에 대한 애틋함이 있었다고 생각한다. 그리고 이런 힘든 과정이 있었기에 지금의 내가 있는 것이 아닌가. 라는 생각을 한다. 그래서 불만은 없다. 그런데 문제는 그런 '야간작업'을 무급으로 해야 한다는 것이다. 살아남으려면 누가 시키지 않아도 알아서 해야 하는 일이라고들 그때의 원장님들은 말씀하셨지만 그래도 무급은 좀 아닌 듯하다.

이런 '야간작업' 뿐만이 아니라 아침 일찍 중·고등학교 앞에 가서 등원하는 학생들에게 학원의 홍보물을 돌리는 것도 선생님들이 함께했는데 이것도 무급이다. 학원이 이사하거나 내부 공사가 있을 때 선생님들이 나와서 이사도 돕고 공사도 함께했는데, 이런 것도 무급이다. 그 시절에는 그랬다. 야근을 하던, 야간작업을 하던 정해진 급여 외에는 모두 다 무급이다. 원장님들이 수업이 끝나고 소주 한 잔 사 주는 것으로 모든 것은 '퉁' 쳐지는 것이다. 지금은 많이 바뀌어서 출근해서 업무시간을 제외하고는 따로 그림 연구나 야간작업을 시키지 않는다. 야간작업을 하면 이제는 거기에 맞는 수당도 지급해야 하고 새벽까지 그림을 그리면 피로도가 올라가서 다음 날 업무에 지장이 있는 것보다는 차라리 정해진 업무를 철저히 하고 남는 시간에 그림 연구를 하는 편이 더 낫기 때문이다.

양경수 '실어증' 2016, 디지털작업

미술학원뿐만이 아니라 어느 분야나 이런 안 좋은 문화들이 많이 사라져가고 있지만 아직까지 남아 있는 분야들이 많이 있다. 이런 불합리하고 없어져야 할 직장 문화에 대해서 양 작가는 스스럼없이 이야기하고 '갑'들의 횡포에 대해서 지적하고 토해냈다. 토해 냈다기보다는 점잖게 야단쳤다. 그림을 전공한 나조차도 양 작가의 그림을 보면 아주 신선하고 재미있었다. 거기에 그의 글은 촌철살인처럼 막힌 곳을 뚫어주고 답답한 속을 시원하게 해 줬다. 그러니 월급쟁이들에게는 격한 공감을 얻을 수밖에 없었다.

'그림왕양치기—양 작가—양경수' 나에게는 '경수'라는 이름이 더 편하게 느껴진다. 내가 양 작가를 처음 만난 건 양 작가가 고등학교 1학년 말쯤인 걸로 기억한다. 미술학원에 아주 까불까불하고 항상 웃으면서 귀엽게 생긴 학생이 들어왔다. 모범생의 이미지보다는 다방면에서 재능을 보이고 여기저기에 관심을 가진 학생이어서 놀기도 잘 놀고, 노래도 잘하고 춤도 잘 췄던 학생으로 기억한다. 이렇다 보니 친구들 사이에서도 인기가 많았고, 학원에 무슨 일이 있으면 맨 앞에 나서서 참여했던 것 같다. 미술적인 감각은 다른 학생들에 비해 아주 뛰어난 학생이었다. 미술학원에 있다 보면 '와, 이 학생은 정말 감각이 뛰어나다'라고 할 만한 학생들이 많지 않다. 워낙 그림적인 감각이 좋은 사람들이 모인 집단이라 평가가 박한 것도 분명 있지만 대부분 고만고만한 학생들이 모여서 경쟁을 한다. 그중에 누가 뛰어나다 소릴 듣는 건 흔한 일은 아니다. 이런 뛰어난 감각에 그림에 대한 열정도 아주 좋았다. 감각이 뛰어난 것과 성실하게 그림을 배우고 자신의 것으로 소화를 시키는 것과는 다른 것인데, 두 개의 조건을 충족하는 학생이라 다른 선생님들에게도 많은 관심과 사랑을 받았다. 이런 학생이 대학에 들어가서 회화를 전공하고 거기에 그치지 않고 장르가 다른 영역을 새로운 방법으로 표현하면서 자신의 영역을 넓혔고, 웹툰과 글을 접목시켜 일반 대중에게 가깝게 다가왔다. 다른 사람들이 하지 않은 영역에 도전하고 보란 듯이 그림이 우리 일상에 가까워지고 있다는 것을 알렸던 것이다.

양 작가가 내가 있는 학원에 와서 고등학생들을 대상으로 강연을 한 적이 있는데 강연의 제목이 '그림으로 밥 먹고 살기'였다. 미술학원에서도 1년에 한두 번씩, 사회에 나가서 미술 분야에서 일하는 선배들이나 전문가들을 초빙해서 강연을 듣게 한다. 자신이 선택하려고 하는 전공이 실제 어떤 일을 하고, 어떤 직업군들이 있는지를 교육하는 프로그램이 있어서 거기에 초대한 것이다. 다른 곳에서 직장인들이나 대학생들을 대상으로 강연을 한 내용이라고 해서 고등학생들한테는 안 맞지 않을까, 하는 걱정을 했었다. 하지만 지금까지 미술학원에 와서 학생들에게 강연했던 강연자 중에 가장 폭발적인 반응이 있었다. '미술을 하면 굶어 죽는다.', '미술을 해서 뭐할래.' 이런 질문을 받던 학생들에게 탈출구가 생긴 것이고 든든한 지원군이 생긴 것이다. '그래, 나도 저렇게 돈 벌 수 있고, 먹고 살 수 있어.'라는 자신감을 얻었다. 내가 처음에 우려했던 부분들은 싹 사라지고 예상치 못했던 긍정적인 효과를 얻은 것이다. 어떤 화가의 그림은 몇백억, 몇천억이다. 그러니 너희들도 열심히 하면 그렇게 될 수 있다,라는 너무 과장되고 희박한 희망을 심어 주는 것 보다, 오히려 현실에서 어떻게 그림을 배웠고, 전공을 살려서 이렇게 돈을 벌고, 먹고 살아가고 있다. 그러니 너희들도 열심히 배우고 노력해서 도전해봐라,라고 하는 것이 백 배, 천 배 현실적이고 실현 가능한 이야기일 것이다.

양경수 '대한독립' 2020, 디지털작업

난 양 작가, 경수가 성공하길 바란다. 책을 내는 작가로서 혹은 제자이기 때문이 아니라 미술을 통해서 자신의 삶을 구현해 갈 수 있고 미술로 인해서 유명해지고 부를 누릴 수 있다는 걸 증명해 줬으면 한다. 우리 부모님 세대에서부터 내려오던 그 '굶어 죽는' 이미지를 벗게 해 주는 아방가르드가 됐으면 한다. 미술을 이제 시작하는 학생들이나 미술에 대한 부정적인 시선을 가지고 있는 기성세대들에게 '거봐 미술로도 잘 먹고 잘 살자나, 미술이 우리를 굶기지 않자나' 라는 걸 토해 내 줬으면 한다. 점잖게 이야기해 줬으면 좋겠다.

# 에필로그

 미술을 시작하려는 학생들이 가장 고민하고 궁금해하는 것은 아마
도 내가 이걸 잘 해낼 수 있을까, 라는 의문일 것이다. 하고 싶은 게 그
림을 그리는 일인데, 막상 시작하면 잘 할 수 있을지, 그림을 그려서 좋
은 대학에 진학할 수 있는지, 전공을 어떤 걸 선택해야 하는지, 미술을
해서 돈도 많이 벌고 성공할 수 있는지를 궁금해 한다. 미술뿐만이 아
니라 다른 분야도 다 마찬가지일 것이다. 내가 의사가 된다면 아픈 환
자들을 잘 치료해 주고 위로해 줄 수 있을까, 수술 방에서 사람의 생명
을 다루는 수술을 잘할 수 있을까, 내가 연예인이 되면 성공할 수 있을
까, 많은 어려움과 역경을 이겨내고 많은 사람들의 사랑을 받는 가수나
배우가 될 수 있을까, 꼭 미술 분야가 아니더라도 이제 막 자기 꿈을 꾸
기 시작하고, 거기에 맞는 노력을 시작하려고 하는 많은 사람들은 저마
다 힘든 고민을 하고 있다.

 사람은 과거를 사는 것도 아니고 미래를 사는 것도 아닌, 현재를 살
고 있다. 현재를 사는 것에 동의한다면 '고민'은 어떻게 하면 현재를 잘
살 수 있을까, 하는 시작점이면서 자신의 머릿속을 잠시 스쳐 지나가면
그 역할을 다하는 것이다. 고민은 고민을 낳는다. 고민을 오래하고 많
이 한다고 해서 해결되는 것은 이 세상에 아무것도 없다. 예를 들어 내

가 만약, 내 분에 넘치는 멋진 자동차를 갖고 싶다고 하자. 그럼 그 자동차를 내 것으로 만들 방법은 여러 가지일 것이다. 첫 번째는 금융 프로그램을 최대한 활용해서 120개월 할부로 차를 산 후에 다른 지출을 최대한 줄이면서 살거나, 아니면 라면만 먹으면서 차를 갖기 위한 일념 하나로 다른 모든 걸 포기하는 삶을 사는 방법이 하나 있을 것이다. 두 번째는 자동차를 사기 위해서 장기적인 계획을 세워서 적금도 들고 내가 하는 일에서 지금보다 수입을 늘리려고 노력해서 언제일지는 모르지만 갖고 싶은 자동차를 사기 위해서 절약하는 삶을 살면서 열심히 일하는 것이다. 위에 두 가지 방법 모두가 좋은 방법이다. 틀린 답은 없다. 어쨌든 내가 갖고 싶은 차를 사려고 행동하고 노력하는 것이기 때문이다.

하지만 내가 갖고 싶은 자동차가 내 분수에 맞지 않고, 그걸 갖기 위해서는 한 달에 할부금을 얼마를 내야하고, 그 할부금 때문에 다른 걸 할 수가 없고, 그러다 보면 내 생활이 피폐해지겠지, 라는 고민을 시작으로 괜히 그런 고가의 자동차를 구입하면 사람들이 날 현실적인 경제관념이 없고 허세를 부리는 걸 좋아하는 사람이라고 손가락질하겠지, 라는 고민에, 고민하다 보면 난 그 자동차를 살 수 없을 것이다.

이건 '사치스럽다.', '허세를 부린다.'라는 문제가 아니다. 내가 하고 싶은 일, 갖고 싶은 것, 이루고 싶은 것을 이루기 위해서는 고민은 잠깐만 하고 계획하고 실천해야 한다는 이야기이다. 고민을 오래 한다고 해서 좋은 결과가 보장된다고 하면 긴 고민의 시간을 반대할 이유는 없다. 하지만 고민은 잠시 내 머릿속을 지나가게 하고, 행동하고 실천해야 내가 계획한 일들을 완벽하지 않더라도 만들어 나갈 수 있고 내 꿈을 이룰 수 있다.

학창 시절에 많은 공부를 하고 책을 읽으면 자신을 살찌울 수 있고 단단하게 만들 수 있다. 하지만 공부를 많이 한다고 해서, 책을 많이 읽는다고 해서 현명하고 지혜로운 사람이 될 수는 없다. 세상 밖으로 나가서 여러 가지 다양한 경험과 시행착오를 겪어 봐야 비로써 이 사회에 적응할 수 있는 현명한 사람이 될 수 있다. 자신이 겪은 모든 경험이 항상 좋은 결과와 긍정적인 영향을 미칠 수는 없다. 잘못된 경험이 사람 인생을 망칠 수도 있고 편협한 사고가 생길 수도 있다. 하지만 그런 경험들이 쌓여야 좋은 경험의 소중함도 알게 되고, 많지 않은 좋은 경험들을 살려서 자신의 삶을 반성하고 성찰할 수 있게 된다. 이런 반성과 성찰의 반복으로 우리는 소중한 지혜를 얻게 되는 것이다. 우리가 가야 할 길이 앞에 놓여 있다. 고민은 이제 그만하고 계획하고, 목표를 설정하고, 행동하자.

**미대 입시는** 길게 봤을 때는 크게 변화되어 보이지만 짧은 기간으로 보면 크게 변화하기보다는 시나브로 변해 있기 때문에 미술학원에서의 업무가 비슷한 일의 반복처럼 보일 때가 많다. 새로운 학년에 학생들이 올라오면 그 학생들을 열심히 가르치고 열심히 배운 학생들이 시험을 봐서 대학에 진학한다. 그럼 또 새로운 학생들이 올라오는 일들의 반복으로 우리는 일상을 이어 나간다. '그동안 가르친 학생 중에 가장 기억에 남는 학생이 누구예요.'라는 질문을 받게 되는 경우가 있는데, 이 질문에 가장 먼저 떠오르는 학생은 좋은 대학을 진학해서 학원과 선생님의 위신을 높여준 학생도 아니고, 그림을 아주 잘 그려서 그 학생이 대학을 입학 후에도 유명세가 끊이지 않고 이름이 회자되는 학생도 아니다. 나와 함께 오랜 시간, 더운 여름에는 함께 땀을 흘리며 그림 그리고, 추운 겨울에는 아침, 저녁으로 찾아오는 살 아린 겨울바람을 이겨내고 동고동락하며 고생했지만 대학에 가지 못한, 대학을 보내지 못한, 학생이 가장 먼저 떠오른다. 정말 그렇다. 학생들을 대학에 보내면서 흐뭇해 했던 기억들, 남과는 다른 환경과 조건에서도 묵묵히 최선을 다해서 좋은 결과를 만들었던 학생들, 그런 자식을 옆에서 극진히 보살피고 함께 고생하고 함께 기뻐하는 부모님들, 이런 학생, 학부모님들을 지켜보면서 기쁘기도 하지만 한편으로는 미안하기도 하고 슬프기도 하고 부끄러워하기도 하는 우리의 미술학원 선생님들의 기억들도 나에게는 아주 소중하다. 하지만 이보다도 나와 학원을 믿고 열심히 노력했지만, 대학에 불합격한 학생들이 내 머릿속과 내 마음 깊은 곳에 항상 남아 있다가 불쑥불쑥 튀어나오고 오래 기억된다. 그렇게 튀어나온 학생들의 아픔을 반면교사(反面教師)하여 마음을 다잡고 새로운 학생들을 해마다 최선을 다해서 가르치지만 불합격한 학생이 또 생기면 가슴 한 곳이 더 무거워짐을 느낀다. 나뿐만이 아니라 미술학원에서 일하는 모든 선생님들은 나와 비슷한 감정을 갖고 있을 것이다.

미술학원은 공부학원과는 다르고, 또 학교와도 다른 그 무언가가 있다. 공부학원과 학교에서 가르치는 교습 방법과는 많은 차이가 있다. 학교나 공부학원은 일방적인 강의형식이다. 칠판 앞의 선생님이 강의하면 그걸 여러 사람이 듣는다. 듣는 사람의 상태나 감정은 중요하지 않고 강의는 계속된다. 강의가 다 끝난 후에 선생님들이 질문을 받는다든가, 부족한 부분을 추가로 설명해 주는 것이 대부분의 수업 방식이다. 과외나 소규모 수업이라고 해도 강의는 강의대로, 질문과 거기에 대한 응답은 응답대로 따로따로 진행될 수밖에는 없다. 하지만 미술학원은 그렇지 않다. 가르치는 학생에게 그림을 설명해 줄 때는 학생을 옆에 앉혀 놓고 그림에 대한 이야기뿐 아니라 진학에 대한 고민과 입시에 필요한 컨설팅도 해 줄 수 있다. 개인적인 이야기도 조용히 할 수 있고, 다른 사람들에게 말하지 못하는 이야기도 그림을 봐 주는 수업 시간에 할 수 있다. 이런 사적인 시간과 공적인 시간의 겹침을 오랜 시간 갖다 보면 선생님과 학생 간에 대단한 친밀감이 생기게 되고 정서적인 유대가 다른 공부학원이나 학교 선생님들에 비해서 끈끈해지게 된다. 여기에 그림이라는 매개체가 서로를 더 잘 융합할 수 있게 해 주고, 그림을 그리는 것이 서로의 머리로 하는 것이 아니고 사람이 가지고 있는 가장 예민한 신체 중에 눈과 손을 가지고 하는 작업이기 때문에 더더욱 그렇다. 서로가 얼마나 집중하고 마음을 써야 어느 정도 수준에 그림을 그려 낼 수 있는지를 너무나 잘 알고 있기 때문에 정신적인 유대로까지 이어지게 된다. 한 마디로 몸으로 표현하고 마음으로 이해하는 작업인 것이다.

학생은 혼자 그림을 그리지만, 그 그림에는 선생님의 가르침과 조언이 항상 묻어 나온다. 그 가르침과 조언의 빈도수가 적어지면서 학생은 대학에 갈 준비가 천천히 되어 간다. 학생이 대학에 갈 준비가 되어 있다고 해서 학생의 그림에 선생님의 흔적이 사라지는 것은 아니다. 오랜 시간을 서로 함께하면서 맺은 관계이기 때문에 그림 적으로도, 정신적으로도 서로 묶여있게 된다. 그래서 미술학원은 뭔가 다르다. 정말 다르다. 사람 냄새가 나고 정情이 있다. 꿈이 있고 열정이 있다. 슬픔이 있고 희망이 있다. 미안함이 있고 부끄러움이 있다.

알랭 드 보통(Alain de Botton)이 이런 말을 했다. '아름다움이 행복을 약속한다.'고, 지난 20년 동안 나와 함께 했던 많은 학생, 학부모, 선생님들 그리고 아름다움을 만들 수 있는 우리 모두가 미술로 인해 사랑하고, 꿈꾸고, 행복했으면 좋겠다.